世界唯一的花

The only flower

Misa 著

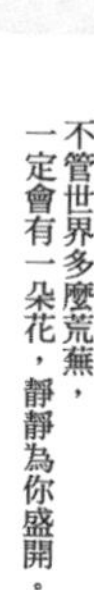

不管世界多麼荒蕪，
一定會有一朵花，靜靜為你盛開。

出·版·緣·起

三百六十度全媒體出版

城邦原創創辦人　何飛鵬

當數位變革浪潮風起雲湧之際，做爲一個紙本出版人，我就開始預想會不會有數位原生內容出版社出現？如果會的話，數位原生出版會以什麼樣貌出現？而我又將如何面對這種數位原生出版行爲？

就在這個時候，我看到了大陸的起點網，這個線上創作平台，聚集了無數的寫手，形成數量龐大的創作內容，無數的素人作家在此找到了夢許之地，也成就了一個創作與閱讀的交流平台，而手機付費閱讀的習慣養成，更讓起點網成爲全世界獨一無二、有生意模式的創作閱讀平台。

基於這樣的想像，我們決定在繁體中文世界打造另一個線上創作平台，這就是POPO原創網誕生的背景。

做爲一個後進者，再加上我們源自紙本出版工作者，因此我們在POPO上增加了許多的新功能，除了必備的創作機制之外，專業編輯的協助必不可少，因此我們保留了實體出版的編輯角色，讓有心成爲專業作家的人，能夠得到編輯的協助，我們會觀察寫作者的內容、進度，選擇有潛力的創作者，給予意見，並在正式收費出版之前，進行最終的包裝，並適當的加入行銷概念，讓讀者能快速認識作者與作品。

這就是POPO原創平台，一個集全素人創作、編輯、公開發行、閱讀、收費與互動的一條龍全數位的價值鏈。

經過這些年的實驗之後，POPO已成功的培養出一些線上原創作者，也擁有部分對新生事物好奇的讀者，不過我們也看到其中的不足——我們並未提供紙本出版服務。眞實世界中，仍有許多作家用紙寫作，還有更多讀者習慣紙本閱讀，如果我們只提供線上服務，似乎仍有缺憾。

爲此我們決定拼上最後一塊全媒體出版的拼圖，爲創作者再提供紙本出版的服務，讓所有在線上創作的作家、作品，有機會用紙本媒介與讀者溝通，這是POPO原創紙本出版品的由來。

如果說線上創作是無門檻的出版行爲，而紙本則有門檻的限制，線上世界寫作只要有心，就能上網、就可露出，就有人會閱讀，沒有印刷成本的門檻限制。可是回到紙本，門檻限制依舊在。因此，我們會針對POPO原創網上適合紙本出版的作品，提供紙本出版的服務，我們無法讓所有線上作品都有線下紙本出版品，但我們開啓一種可能，也讓POPO原創網完成了「三百六十度全媒體出版」的完整產業及閱讀鏈。

不過我們的紙本出版服務，與線下出版社仍有不同，我們提供了不同規格的紙本出版服務：（一）符合紙本出版規格的大眾出版品，門檻在三千本以上。（二）印刷規格在五百到二千本之間的試驗型出版品。（三）五百本以下，少量的限量出版品。

我們的宗旨是：「替作者圓夢，替讀者服務」，在作者與讀者之間搭起一座無障礙橋梁。

我們的信念是：「一日出版人，終生出版人」、「內容永有、書本不死、只是轉型、只是改變」。

我們更相信：知識是改變一個人、一個組織、一個社會、一個國家的起點。讓想像實現、讓創意露出、讓經驗傳承、讓知識留存。我手寫我思，我手寫我見，我手寫我知，我手寫我創，變成一本本的書，這是人類持續向前的動力。

我們永遠是「讀書花園的園丁」，不論實體或虛擬、線上或線下、紙本或數位，我們永遠在，城邦、POPO原創永遠是閱讀世界的一顆螺絲釘。

楔子

我站在平靜無波的湖面上，周遭一片靜謐，黑暗漫無止境。
只有頂上透出一抹幽微的光，映出湖面上的倒影，那是另一個我，她凝視著我，而我也凝視著她。
片刻過後，她流下眼淚，掩住面容，似乎對仍舊存在於此感到痛苦萬分。
不要哭，妳很自私，所以沒有資格哭。
我在心中吶喊，喉間卻發不出半點聲響，只能靜靜看著她的身影逐漸消散。
我因她的死而生。
如此，她已死亡，卻還是活著。

第一章

「我的名字叫褚心岑，褚心岑……」望著鏡中那個面頰溼漉漉的女人，我反覆喃喃低語。

今年我二十六歲，但只看了這張臉六年。

揮之不去的異樣感難以抹滅，雖不甚在意，卻無法忽視。我搖搖頭，不再多想，將臉洗乾淨便離開浴室。

爲短髮噴上髮妝水，換上整齊的套裝與黑色高跟鞋，用最快的速度著裝完畢，我拎起黑色公事包，步出租賃的套房。

通勤時刻的捷運車廂人滿爲患，我縮在角落抱緊公事包，感覺到有人碰觸我的臀部，最初我沒有太在意，以爲只是無意間的碰撞，但一而再再而三後，我意識到自己被騷擾了。

車廂擁擠的程度令我無法轉頭看是誰，我想對方就是吃定了這一點，才如此肆無忌憚。當他又再次伸手過來時，我直接抓住他的手，嚇他個措手不及。

對方驚慌地想把手抽回去，我更加用力地拽著他的手往前夾在腰間，並高聲喊：

「有色狼！這個人是色狼！」

眾人的目光齊齊往我看來，此時列車剛好到站，車門開啓，人群魚貫出去，而被我緊抓著手的那人放棄了掙扎，我回過頭狠狠瞪他，卻在看清他臉的那一刻，嚇得睜圓了眼睛。

「孫楊？」

「嗨，早安。」男人無奈一笑，挑起一邊的眉毛，微微晃動自己被我拽在腰間的那隻手，「可以放開我了嗎？」

「你是色狼？」我稍稍放鬆了點力道，卻仍未鬆手。

「不是我，是一個戴帽子的中年男子，我正要抓住他時，妳就先誤抓了我。」孫楊聳聳肩。

他是我的同事，一身西裝筆挺，頭髮疏理得乾淨整齊。

「有色狼嗎？」捷運站務員趕來，我遲至現在才鬆開孫楊的手。

「一場誤會……」孫楊瞥了我一眼，滿面堆笑地向站務員解釋。

接著我們兩個隨同站務員前去調監視器畫面進行指認，後續就交由捷運局處理。

走出捷運站，孫楊看了一下手錶，用食指輕觸我的肩膀，指向左邊的豆漿店：「要去嗎？」

我看了下手機顯示的時間，不可思議地望向神態自若的孫楊，「孫楊，現在都九點半了，已經遲到了。」

「業務這種工作不就是不必準時進公司嗎？」孫楊挑起一邊的眉毛，抬起下巴再次朝豆漿店示意。

「但今天早上要開早會，你忘了嗎？」我提醒他，果不其然孫楊立刻臉色一變，轉身就跑。

「喂！」我喊了聲，這個人還真是說變就變。

「早說呀！今天的會議是畢姊主持啊！」經他一吼，我也倒抽一口氣，顧不得腳踩三公分高的跟鞋，跟著拔腿狂奔。

當我們氣喘吁吁跑進辦公室時，業務助理賴名慧對我們比出safe的手勢，眨眼說道：「畢姊稍早來電說會晚些進公司，不然你們兩個可要被電慘嘍！」

「幸好！」孫楊呼出一口長氣，隨手拉了拉領子，得意地對我微笑。

剛才不知道是誰還要去吃早餐的？

「怎麼還不進去？」身穿西裝的男子從電梯口進來，賴名慧對他道早安，孫楊也微微站直了身體。

「啓祥哥早。」我禮貌地問候前輩。

「快去準備報表吧，今天可是要匯報上次的進度呢。」啓祥哥露出微笑，目光從我們每個人身上一一掠過。

「啓祥哥，畢姊今天怎麼遲到了？真是難得。」孫楊靠了上去，八卦地問。

「她收到高中同學的訊息，有些事要討論，所以會晚點進來。多虧如此，否則你們兩個……」他眼中帶著一絲促狹，「就要被她念了。」

「哎呀，眞的是好險啊。話說我記得畢姊和啓祥哥不是念同一所高中嗎？」孫楊將公事包放到座位上，轉頭繼續和啓祥哥哈啦。

「是沒錯，不過我畢業那年，她才要升高一，不算是有一起待在學校過。」啓祥哥打開電腦，輸入帳號密碼後，調出報表。

啓祥哥和畢姊是結婚好幾年的夫妻，相處卻仍宛如新婚，兩人似乎是青梅竹馬。畢姊是這間富貴人壽保險公司的繼承人，可由於她和啓祥哥都是從基層做起，因此即便有這層身分，日常相處起來也不會讓人覺得太過拘謹，尤其啓祥哥還是個好好先生，見到任何人總是面帶微笑。

畢姊則不一樣，她對工作的要求十分嚴格，在公事上大家難免會畏懼她三分。

我打開電腦準備工作的同時，暗自想著畢姊和啓祥哥的感情能維繫這麼久，並且甜蜜如昔，實在很不可思議。

「如果我沒記錯，啓祥哥你們都是綠茵畢業的對吧？」

孫楊這句話令我一愣，正打算翻開資料夾的手忽然停住。

「是啊，很久以前的事了。」啓祥哥不以爲意道。

我嚥了口口水，繼續工作。

「好了，快準備開會了。」畢姊從門口進來，邊走邊拍手吆喝大家，頂著一頭俐落短髮的她，耳朵上掛著一副大大的耳環，與啓祥哥對到眼時，順道送了個毫不遮掩的秋波。

「眞羨慕你們，感情好好呀！」孫楊笑著說，聽不出是挖苦還是欽羨。但啓祥哥聽到耳根子都紅了。

我一邊列印報表，一邊思索。

綠茵高中……

她也是綠茵高中畢業的。

那一段我來不及參與，也沒機會參與的過去。

「心岑，這份資料是妳的嗎？」孫楊站在印表機前，拿起我的報表翻了下，「靠，妳業績這麼好？」

「不要亂看，沒禮貌。」我走過去抽回他手上的報表，不小心連同他那份也拿了過來，基於禮尚往來，我也翻看了下他的業績報表，忍不住皺眉：「你就是偷懶才會……」

「欸，不要讓畢姊聽到。」孫楊趕緊摀住我的嘴巴，我立刻推開他。

「別靠那麼近，噁心。」

「噁心？妳從早上到現在都沒跟我說句謝謝，倒是先說我噁心！」他埋怨似地喊，我只是微笑不語。

早會的內容很簡單，大概就是訂立這個月的目標，並且檢討上個月的業績，討論如何才能讓業績達標，總而言之，就是激勵大會外加檢討。

每次會議一結束，孫楊這傢伙時常溜得不見人影，不知道跑哪偷懶去了；而我多半會留在辦公室，主動電話聯繫老客戶，關心他們是否需要調整保單，並進行保單校正。

等我忙碌到一個段落，時間已經接近中午。

我點開網頁，連到臉書頁面後卻遲遲未有動作，我不是不知道褚心岑的帳密，但我從來沒有登入過。

過了片刻，我關掉臉書，連上綠茵高中的官方網站，首先映入眼簾的是一大片綠草如茵的草原，我卻對這樣的景色印象全無。

她曾經生活在如此美麗的校園裡，爲什麼還是會哭泣？

「綠茵高中？」

孫楊的聲音在我身後響起，我嚇了一跳，趕緊切掉螢幕，氣憤地轉頭瞪他：「不要亂看別人的螢幕，沒禮貌。」

「我叫妳好幾聲了！是妳沒聽到。要不要一起去吃午飯？」孫楊聳肩，指了指在櫃臺邊等待的賴名慧。

「你們兩個去吃就好，你不是在追名慧嗎？」我說。

孫楊不置可否，並問我這誇張的謠言是從哪裡聽來的。

我頓了頓，最後還是擺擺手，拒絕了共進午餐的邀約。

孫楊與賴名慧前腳剛離開，畢姊後腳就從會議室匆匆走出來，左右張望後問我：「心岑，有看見孫楊嗎？」

「他和名慧去吃飯了。怎麼了？」我站起身。

畢姊一手扠腰，一手撫著前額，看起來一副很困擾的模樣。

「我看他業績不是很理想，本來想推薦一個客戶給他，好吧，一切都是命，心岑妳和我一起來吧。」說完，畢姊也不問我的意願，回座位拿了外套與包包就要走。

啓祥哥對我眨眨眼，快步跟在畢姊身後。

「快點呀！」

畢姊她人已經站在電梯前了，我連忙拿起包包追過去。

啓祥哥開車載我們來到一間餐廳，門前擺著一整列祝賀開幕的花籃，我留意到其中也有畢姊與啓祥哥聯名致贈的。

「這間餐廳是畢姊的朋友開的嗎？」我好奇地問。

「是啊，以前去餐廳吃飯認識的，最近他自己獨立出來開了間店。」畢姊對我微微挑眉，「好好表現，這筆單的金額應該不小，只能說孫楊太沒運氣了。」

啓祥哥拉開木製拉門，裡頭傳來以日文問候的「歡迎光臨」，一個穿著深藍色日式內場制服的服務人員連忙迎上前來，一看見是畢姊，立刻微笑著說：「老闆已經在走廊盡頭的包廂等候您。」

我們三個脫下鞋子，換上室內拖鞋踩在榻榻米上，這家店走高單價路線，全部採獨立包廂設計，從每間拉門都已被拉上的情況看來，生意挺不錯的。

「嗨，姊姊，大叔。」當我們抵達最底端的包廂時，一位比我想像中還要年輕的男人嘴角掛著淺笑，向畢姊與啓祥哥打招呼。

「衛青，沒想到你還眞的自己開了間餐廳。」畢姊在桌子旁邊的坐墊上坐下。

「我們今天帶了一位很有潛力的新人過來，以後就由她來爲你處理保險相關事宜，有她在，你盡可以放心。」啓祥哥豎起大拇指，並拍拍我的肩膀。

我露出專業的笑容：「您好，我是……」

「褚心岑？」

我一愣，眼前的年輕男人準確無誤地念出我的名字。

忽然間，我心中湧生出一股不祥的預感。

「衛青，你認識她？」畢姊訝異地問。

「綠茵的學妹啊，她是第一屆的交換學生。」

但我不認識這個人。

他認識的那個人，也不是我。

我只能擠出僵硬的微笑，「抱歉，我可能……」

「妳應該不太記得我了，畢竟當時我們沒有很熟。」那個年輕男人示意我們入座，接著服務生陸續上菜，「我是紀衛青，五班的學長。」

「很對不起，學長。」我微笑，然後繼續微笑。

當年的我會這樣微笑嗎？

我該說些什麼，還是就把他當作萍水相逢的過客，什麼都不用多說？

「我聽脩能和雯珂說過，妳一畢業就消失了，沒想到妳在姊姊的公司上班，怎麼不跟大家聯繫？」紀衛青又說出兩個我不認識，卻似乎理應熟知的人名。

「因爲家裡發生了一些不方便透露的事。」我勉力撐起微笑，冰冷的雙手放在膝上，微微發顫。

「沒想到心岑也是綠茵畢業的，怎麼從來沒聽妳提過啊？」畢姊很驚訝，從包包裡找出一張卡片，「那妳也收到這個嘍？」

那是什麼？

「啊，我也剛收到。」紀衛青順手從旁拿起一張一模一樣的紅色絨面卡片。

「看樣子妳還沒收到。」啓祥哥也從公事包裡取出卡片，並遞給我。

那是寄發給綠茵歷屆校友的校友會邀請函，地點在某知名飯店的頂樓。

「那間飯店的老闆也是綠茵的校友，除了見見老同學，也能藉此拓展人脈。」畢姊說她早上就是和朋友聊到這件事，一時聊開了，才會晚進公司。

「大概是寄到我老家了。」我笑了笑，將邀請函還給啓祥哥。

「哇，到時候大家可以一塊兒去。」啓祥哥笑著提議，而我機械化地將桌上精緻的日式料理送進嘴裡，卻食不知味。

最終，我爲紀衛青保了一筆金額不小的保單，離去之前，他說他會告訴「倚能他們」他無意間碰到我，而我只是微笑，因爲除了微笑，我不知道該如何接話。

我假裝自己與客戶有約，和畢姊、啓祥哥在路口道別，然後找了一家咖啡廳乾坐，對著手機裡的那組號碼出神。

那組號碼的顯示名稱是——褚心岑的家。

深吸一口氣，我撥通電話，鈴聲響沒多久便迅速被接起，對方在聽到我的聲音後陷入了沉默。

「有寄給心岑的信嗎？」我問。

「妳沒資格喊那個名字！」對方朝我怒吼，隨即痛哭失聲，「是妳殺了她！妳殺了她！把她還給我……把她還給我啊……」

我沒有心情與這個女人糾纏，這個問題在這六年來已經重複爭執過太多次，我冷著聲音說：「我也叫心岑，還有，並不是我殺了她，是她殺了她自己。」

「妳殺了她！她被救回來了，她明明已經被救回來了！卻消失了，是妳殺了我的女兒！一切都……」

在她還沒說完前我便掛斷電話，我不想再聽見她悲泣的指控，她的痛苦無處宣洩，所以只能發洩在我身上，明明我才是該生氣的人，明明做錯事的是褚心岑，不是我，是那個褚心岑。

我用手機下載了臉書APP，毫不猶豫地輸入記憶中的那組帳號密碼。

嚴格說起來，那組帳密並非一開始就存在於我的記憶之中，而是寫在那本筆記本的第一頁。

我從來沒想過要了解褚心岑的過往，也從來沒看過褚心岑的日記與任何私人物品，二十歲以前的褚心岑已經死了，那些過往我都不再需要，也與我無關。

不是沒想過會遇見褚心岑的舊識，但也許是我運氣不錯，這六年來我的交友圈始終與過去的褚心岑無關，所以我漸漸了鬆懈下來，不料竟會在今天遇見她的朋友，對方還成了我的客戶。

也許，該是時候了解一下褚心岑這個人了。

褚心岑在臉書上的朋友共有七百多人，我忍不住皺眉，她居然有這麼多朋友？

她最後一篇發文是在六年前的九月，是一張她與一個男孩的合照，兩個人都身穿綠茵高中的制服，但是當時褚心岑早已高中畢業，所以這張照片不是六年前拍的，而是更早之前，她還在念高中的時候。

褚心岑臉上有著笑容，笑彎的雙眼看似幸福洋溢，但我知道，那是假的。

站在她身旁的男孩有些靦腆，嘴角勾起，雙眼明亮，兩人身後是一條長長的走廊，教室的班級牌上寫著「三年五班」。

「那天，我是眞的想過你所說的話。但離開那如夢似幻的地方後，我明白一切都只是場夢，你與我並不相似。」

褚心岑爲那張合照配上一段不知所以的短文，引來一百多人按讚，並有二十幾則回應。

李脩能：搞什麼鬼，褚心岑，妳消失兩年，現在發這張照片是什麼意思？

羅子晴：想引起誰的注意嗎？兩年了，妳還眞有臉放這張照片啊！

莊雯珂：妳電話號碼都換了，拜託接電話好嗎？到底發生什麼事了？

魏撰之：@言奇栩 快來看。

我不認識這些人，不過我注意到其中有兩個人名，是剛才紀衛青提到過的。

我一一點開在底下留言的每一個人的臉書頁面，瀏覽他們這些年來的生活，有些人還在念研究所，有些人正在服兵役，有些人在國外留學，有些人則像我一樣，只是普通的上班族。

接著，我將目標轉向那個沒來留言，只被tag的言奇栩。

他臉書上最後一則發文，同樣是在六年前的九月，就在褚心岑發文之後沒幾天。

「你以為的真誠，全都是假象。」

下方的回應人數和褚心岑那則發文差不多，內容大多都是在謾罵褚心岑，以及安慰奇栩不要傷心等等。

我登出臉書，深吸一口氣。

褚心岑，我沒有妳的記憶，卻擁有妳的名字，妳的臉龐，妳的身體，妳的一切，可我不是妳。

其實，我沒有必要去探究，我也曾經決定不要探究。

然而我意外破戒看了妳的臉書，探查了妳朋友們的生活。都怪該死的紀衛青，讓我對妳的過去產生好奇心，都怪該死的孫楊，如果今天被畢姊帶過來接洽的是他，這些都不會發生。

我雖然打開潘朵拉的寶盒，但最終我還是奮力關上了。

不要探究，不要追尋，那段只屬於褚心岑的過去。

#

原以為紀衛青會把我的電話告訴那些「褚心岑的朋友」，我還擔心了幾天，後來證明是多慮了。畢姊提過紀衛青十分忙碌，就連那天保險簽約也是從百忙中抽出空檔；況且對他而言，褚心岑不過是點頭之交，他應該沒心思多加理會。

「心岑，妳不該感謝我嗎？」孫楊一大早便坐在我的辦公桌上，眉頭輕皺，嘴角抿成一線，沒頭沒腦地說。

「怎麼了？」我伸手抽出被他壓在屁股下的一疊文件。

「畢姊介紹了一個大客戶給妳，對吧？」

我挑眉，都過幾天了，他現在才知道。

「名慧剛才聽畢姊講，才告訴我的。妳不覺得該要感謝我把大好機會讓給妳，像是請客之類的嗎？」孫楊這個人還眞是敢開口。

我冷笑，「那你怎麼不怪自己為什麼要準時十二點去吃午餐？」

「欸，不是這樣講啊，吃飯本來就要準時。」孫楊跳下桌子，逕自拉過一旁的滾輪椅挨到我身邊坐下。

「跟名慧單獨吃飯，應該比和客戶吃飯愉快吧？」我調侃他。

「爲什麼提到名慧？」孫楊一臉狐疑，隨即張大嘴，「妳那天說我在追名慧是認眞的？別亂講，我根本沒在追她，妳到底從哪聽來的？」

「我不記得是聽誰說的，不過大家都這麼以爲啊。」我聳肩，對這則錯誤情報也沒有很在意。

「辦公室謠言眞是可怕，我高中時期也被人在背後造謠，明明我是主角卻最後才知道……」孫楊連聲抱怨。

爲了打發他，我只得答應，「好啦，請你吃午餐可以了吧？」

孫楊立刻露出燦爛的笑容，像是個終於討到糖吃的孩子。他確實長得很不錯，那張臉應該十分受到女性歡迎，不過我只當他是個後輩。

我二十二歲進入這間公司，而孫楊晚我兩個月入職，儘管與我同年紀，但仍算是我的後輩。一開始畢姊就把我和他分在同一個團隊，我們時常一起跑業務，業績一起計算，所以我們兩個在同期算是最熟稔的，賴名慧則是去年才初入職場的社會新鮮人。

印象中，賴名慧進公司沒多久，便傳出了孫楊追求她的消息。

沒想到這竟是謠傳，也是，如果孫楊有心要追誰，成功率大概都趨近於百分之百，怎麼可能拖拉了一年還沒追到呢。

中午，我與孫楊來到公司附近一間火鍋店，既便宜又好吃，是我平時用餐的口袋名單之一。

「欸，那筆保單的金額不是很大嗎？妳就請我吃這個？不太對吧？」

沒想到孫楊還不知足，我嘖了聲，回他一句沒魚蝦也好。

「人要懂得知足。」然後再次提醒。

「哈，我開個玩笑罷了。」孫楊輕笑，一邊哼歌一邊將菜盤全數放進鍋裡，「怎麼有人餐廳都開始營業了才在買保險？」

「不是餐廳的保單，是他個人的。」我頓了一下，在公司多年配合下來，孫楊是我少數會多聊幾句的朋友，「他和畢姊、啓祥哥一樣，都是綠茵畢業的。」

「喔？是畢姊他們的高中同學嗎？」孫楊幫我添了碗湯，「吃東西前先喝湯才不會胃痛。」

「謝謝。」我輕揉腹部，想起自己時常因爲飲食不正常而胃痛。褚心岑沒留下任何記憶，倒是留下了病痛給我，接著我心中閃過一絲狐疑，我曾告訴過孫楊我有胃痛的毛病嗎？

他注意到我投過去的視線，眉毛一挑，似乎在問我怎麼了。

也許是他在公司看過我吃胃藥吧，這麼一想，我便不以爲意地搖搖頭，「不是畢姊他們的同學，是我高中的學長。」

孫楊一愣，拿著湯匙的手停在空中。

「孫楊？」

「喔，妳說他是妳的學長？妳本來就認識對方？」孫楊看向我，擠出一個難看的微笑。

「我不太記得他了，就算以前認識，應該也不熟吧。」我聳聳肩，喝了口熱湯。

「他……叫什麼名字？」孫楊的提問讓我倏地一愣。

「幹麼？難道你也是綠茵畢業的？」我打趣地說，沒有正面回答，我很少跟他聊起這類私人話題。

「不，怎麼可能，綠茵那種貴族學校，我這種普通人是進不去的。」他的想法和大多數人一樣，認為綠茵是權貴子弟在念的，然而他的語調卻不帶酸味，反而隱含一絲悲傷。

我並不想過問，問得太多，知道得太多，對我不會是好事。

「他叫紀衛青。」

「紀衛青？就是那個黑清幫的少主，不願繼承家業反倒去開餐廳的那個？」聞言，孫楊竟不假思索說出這些我聞所未聞的祕辛。

「你怎麼會知道？」我好奇地問。

「黑清幫很有名啊！雖說這幾年他們致力於洗白，很多違法的事都不碰了，但是否眞是如此就不得而知了。」

「他看不出來是黑道出身。」

「紀衛青還有一個哥哥，在當老師，就在妳……就在綠茵任職。」孫楊說話頓了下。

我盡量裝作若無其事，只淡淡一笑，「喔，我沒注意。」

「眞是到哪都能碰上綠茵的畢業生。」孫楊幫我夾了一塊涮好的肉片，「要是有什麼綠茵校友會之類的，場面肯定很浩大，出席的十之八九都會是政府高官與各界企業名流！」

「有喔。」我想也沒想便脫口而出，「綠茵今年要辦校友會。」

孫楊遲遲沒有接話，我忍不住停下筷子，抬起頭看他，他臉色微變，過了一會兒才吶吶地問：「妳……會去嗎？」

我搖頭，「沒什麼好去的。」

幾乎可以預見他會說些什麼，例如應該要去啊，這是拓展人脈的大好機會，還能藉此多賣些保單，或者要求我帶他一同出席，讓他開發新客戶之類的。

但孫楊的反應卻出乎我的意料，他竟鬆了一口氣，露出笑容：「是啊，沒什麼好去的。」

「你怪怪的。」我狐疑地說。

「哪有什麼怪怪的，快點吃吧。」他又把幾片肉扔進鍋裡煮。

「你也是不會參加高中同學會的人嗎？」

「嗯，從來沒參加過，我和以前的朋友都沒有聯絡。」

我挑眉，「你看起來不像是會和朋友斷了聯絡。」

孫楊苦笑，「人都是會變的，不是嗎？」

「是啊，變得連自己都不認識自己。」我心有所感地說。

褚心岑，妳是誰？

我又是誰？

二十歲那年，褚心岑選擇自殺。

而後她消失了，由我取而代之。

我擁有褚心岑的名字與身體，可我並不是褚心岑。

那麼我又是誰？

妳是褚心岑的第二人格，她的主人格已經完全消失。

這是因爲主人格爲了尋求自我保護，而幻化出了另一個人。

也許有一天，主人格會再次出現，但也許永遠不會出現了。

褚心岑，我恨妳。

我用妳的名字、妳的身體活著，但我不是妳。
然而，我也不是我自己。

第二章

我在這世上的第一個記憶，是白色的天花板，以及渾身乏力的虛脫感，還有趴倒在床邊哭泣的女人。

「心岑，心岑！妳醒過來了，醫生，快叫醫生過來！心岑啊，妳到底怎麼了，爲什麼要自殺？爲什麼要這麼傻？」女人不斷哭泣，她又哭又笑地，憔悴的面容有著一條條滄桑的皺紋。我對這張臉毫無印象。

她在叫誰？她又是誰？

我只覺得頭好重，身體好重，全身都很不舒服，於是我再次昏沉地閉上眼睛。

周遭的聲音離我越來越遠，但我並沒有失去意識，我彷彿站在漆黑之中，什麼都看不見，當我試著跨出一步，身子卻忽然往下墜，我驚恐地揮動雙手，想要大喊，卻無法發出聲音，世界依舊靜謐無聲。

突然有一道光落在我身上，我降落在湖面上，湖面以我的腳尖爲中心泛起一圈圈漣漪，從湖面的倒影之中，我看見了另一個女人。

爲什麼要救活我？

我不想活了，我已經撐不下去了。

讓我死。

她沒有張口，我卻能知道她在說些什麼，那種絕望、無處躲藏的痛苦直擊我的胸口，幾乎讓我站不穩。

妳是誰？爲什麼要用那麼哀傷的眼神看著我？

當我彎腰想要碰觸她，她卻瞬間消散，連帶這個虛幻似夢的世界也頓時瓦解……

我張開眼睛，一樣的白色天花板，一樣的虛脫感，床邊也一樣有個正在哭泣的憔悴女人。

「這是哪裡？妳是誰？」我問她，覺得自己的聲音很陌生。

女人驚慌地撲過來握著我的手，「心岑，我是媽媽啊，妳怎麼了？」

後來醫生爲我進行了一連串檢查，我似乎是自殺了，在房間裡燒炭自殺，即時被送醫急救，撿回一命。

我對此毫無記憶。

我不記得自己曾經自殺，不記得這個女人，我連自己是誰都不知道。

當我從鏡子裡看見自己的臉，一時宛若雷劈，這張臉跟湖面倒影中的那個女人一模一樣。

我對自己所擁有的一切，包括這副軀殼，都十分陌生，我彷彿是個迷途的靈魂忽然被塞進這具身體。

一開始，醫生判定我是暫時性失憶，認為大概是讓我尋短的那些事太過沉重，我難以負荷，所以大腦啓動保護機制，讓我失去過往的記憶。

那個自稱是我媽媽的女人，名叫褚月存，她對我極盡溫柔呵護，拿了許多照片與我的私人物品過來醫院，企圖喚醒我的記憶。

我非但不覺得熟悉，反而產生了強烈的排斥，她這番作為，就像是拿著陌生人的人生到我面前，強逼著我接受。

我無法用言語訴說自己的感覺，只能每晚在病床上放聲尖叫，宣洩心中那些難以壓抑的怒氣。褚月存不止一次一邊流淚，一邊用瘦弱的身軀撲在我身上，企圖制止我的躁動。

她痛苦地低喊：「妳到底怎麼了？心岑！不要這樣！」

「不要叫我心岑！」我大吼。

「妳就是心岑啊，我是妳媽媽！就算妳失去記憶也沒關係，媽媽會陪著妳……」

「我不是褚心岑！我不是她！」我憤怒地截斷褚月存的話。

她先是一愣，接著用力打了我一巴掌。

「妳在說什麼？妳這孩子為什麼讓我這麼擔心？為什麼要自殺？」她全身劇烈顫

抖，目眶含淚。

我撫著臉頰，這就是被打的感覺嗎？那疼痛是如此火辣辣的。

「哈哈……哈哈哈，哈哈哈哈哈。」我放聲大笑，笑聲在病房裡迴盪不休。

褚月存慌了，她喊來醫生，然後我在每個夜晚都被迫施打鎮定劑。

出院以後，褚月存帶我「回家」。環顧自己的房間，我依然感到格格不入，無論是裝潢擺設或生活用品，連架上的書籍與衣櫃裡的衣服，都不是我喜歡的風格。

我將我不喜歡的東西全部扔進紙箱，堆放在床下，購入許多我喜歡的物品。我丟掉文學小說，放上居家布置與財經雜誌；丟掉一堆寬鬆的洋裝，換上貼身的上衣和短褲；同時我也剪去一頭長髮，並穿了耳洞，甚至在手臂上刺青。

褚月存無法接受我的改變，她死命拉著我去看心理醫生，她說我這是生病了。

不，我沒有生病，我的身體輕盈極了，唯有當我畫上濃妝，穿著自己喜歡的衣服，看著自己喜歡的書籍時，我才能眞切感受到自己活著。

「原先我們懷疑褚心岑小姐是因打擊過大而暫時失去記憶，但現在或許要大膽假設另一種狀況。」眼前的醫生約莫四、五十歲，姓曾，隸屬於精神科。

「請問，妳的名字是？」曾醫生臉上帶著溫柔的微笑。

我面無表情，「我不知道。」

「什麼不知道？妳叫褚心岑！心岑啊！」褚月存激動地在一旁喊叫，還伸手打了我的手臂一記，但她一雙眼睛始終浸泡在閃爍的淚光裡。

看著這樣的她，我並不覺得心疼，只覺得厭煩，就算她一直宣稱自己是我的母親，然而對我來說，她更像是個限制我、看管我的陌生人。

那個家是監獄，她是典獄長，我是囚犯，被迫接受一個我不認同的身分。

「褚小姐，您冷靜些。」曾醫生好言相勸，又問我：「那妳記得些什麼？」

我搖頭。我最初的記憶，就是在病床上睜開眼睛。

無論褚月存給我看過再多照片與資料，我都覺得事不關己。

曾醫生問了我十幾個問題，又在我頭上貼上感應器，好像是要測量我的情緒波動，接著他給我看了一些照片，有風景、小孩、動物與人物，他要我邊看邊形容自己看見了什麼。

最後一張照片，是穿著高中制服的「我」，站在一所高中的校門前，臉上露出淺淺的笑容。

「她的情緒完全沒有任何波動，無論是看著她曾經認識的人或是陌生人，情緒都沒有變化，所有她曾經重視的人事物，現在對她來說都沒有意義。」曾醫生判斷道。

「妳原本因爲考不上綠茵而鬱鬱寡歡，後來以交換學生的身分進了綠茵，妳高興得要命，妳連這個也不記得了嗎？」褚月存在一旁抹淚。

我冷冷地朝她看去，「對不起，我眞的什麼都不記得，妳可以不要再逼我了嗎？」

褚月存面露驚恐，雙眼瞠得老大，緊抓著曾醫生的手，「我女兒從來不會這樣跟我說話，從來不會用這種表情看人，她不是我的女兒！」

謝天謝地，她終於發現我不是她的女兒了。

後來，我又接受了一連串測驗，有許多不同的醫生來問我各種問題，最後得出一個結論——我不是褚心岑。

但這個答案早在我醒來的那一瞬間我就知道了。

「妳的情況並非失憶，妳是褚心岑的第二人格，她的主人格已經完全消失。這是因爲主人格爲了尋求自我保護，而幻化出了另一個人。也許有一天，主人格會再次出現，但也有可能不會出現了。」

當時曾醫生這番話，在我心中盤旋多年。

褚月存當然無法接受這種情況，自殺的女兒明明被救活了，醒過來以後卻變成了另一個人。

有好長一段時間，褚月存仍把我當成她的女兒，但她曾經和眞正的褚心岑相處過二十年，必然更能清楚感受到我與褚心岑之間的差異，她越想將我與褚心岑畫上等號，越只會感覺到我們的不同。

最後她放棄了，她被絕望壓垮，只能要求我滾出那個家。

我求之不得，離開了那個陌生的地方。

但我依舊無法拋棄褚心岑這個名字與身分，我不記得關於這個女人的任何事情，也沒打算了解，更不想去探究她自殺的原因。

她膽小、自私，企圖用死亡解決問題，即便被救活，也沒勇氣再面對這個世界，所以創造出了我，她讓我代替她面對這個世界，讓我面對她消失以後的現實。

於是我用她的身分活著，並告訴自己，絕對不會踏上她的後塵，也永遠不去了解這個女人。

除了之前褚月存拿給我看的那些照片，以及零星幾樣物品，我沒認眞檢視過任何屬於褚心岑的東西。我曾隨手翻開她的筆記本，第一頁就寫了她所有慣用的帳號密碼，我毫不猶豫地將臉書設定爲停用，並將她的手帳、課本、日記、與朋友傳的紙條等，全都塞進一個大箱子裡。

在離開褚家的那天，我把那個箱子藏在床底下，想藉此埋葬那些關於褚心岑的過往。

此後，我過了六年恣意的生活，除了偶爾會在夢中看見她含淚的面容，她和她的過去對我的生活沒有任何影響。

我以爲自己可以這樣不受干擾地繼續生活下去，不料卻因巧遇她在綠茵高中的學長，起心動念登入了她的臉書帳號，一次還算了，但現在我又握著手機在做什麼？

從褚心岑的臉書回顧可以看到，十年前的今天，褚心岑與一群人站在一年五班的教室前合照，褚心岑和幾個女孩勾肩搭背，而言奇栩則站在她身邊微笑。

「一輩子的好朋友。」

這是這張照片配上的發文。

我忍不住嗤之以鼻，褚心岑，妳寫這句話是真心的嗎？當妳自殺的時候，這些所謂的好朋友人又在哪兒？當妳消失以後，他們有誰找過妳嗎？有誰真的在乎過妳？

學生時代的好朋友，情誼不見得能夠持續多久，尤其進入社會之後所碰上的種種際遇，無論好壞，成功或是失敗，大都唯有自己能一一去體會與面對，旁人幫不上太多忙，只有自己是屬於自己的……

呵，想來多諷刺，我甚至連「自己」都不屬於自己。

「妳在做什麼？」孫楊再次突然出現在我身後，並一把搶過我的手機。

「還我。」我語氣平板，朝他伸手。

孫楊沒有理會我，兀自盯著手機螢幕看，「綠茵啊……」

我猛地起身搶回手機，不滿地瞪著他，「你這樣很沒禮貌，知道嗎？」

「我知道。」他聳聳肩，絲毫沒有歉意，還笑得很欠揍，「照片裡的妳笑得很開心。」

「是嗎？」我淡淡地回。

是很陌生吧。

也許是因爲我知道褚心岑在二十歲那年自殺的緣故，所以褚心岑照片上的每一分笑容，我看起來都像是假的。

「我怎麼知道妳是不是眞正的快樂。」

「你是在唱歌嗎？」我被逗笑。

我聽出孫楊這句話是改編某一首歌的歌詞。

說也奇怪，我擁有足以在這個世上生活的常識，知曉社會的流行脈動，甚至說得一口還算流利的英日文，而這些都是褚心岑過去的知識積累。

我繼承了她的一切，唯獨缺少了她的記憶，以及她的性格。

「褚心岑，剛剛那個是臉書頁面沒錯吧？」孫楊忽然問，見我點頭，他又繼續追問：「妳有在用臉書？」

「很久沒用了，最近才又登入。」我點開手機螢幕，找到設定的頁面，再次停用帳號，「不過現在又停用了。」

「幹麼這樣？」他失笑，不能理解我的怪異行爲。

「我開心。怎樣，你有在用？」

「現在很少人不用吧，雖然不乏其他替代選擇，但臉書的使用者還是居大多數。」孫楊掏出手機，點開他的臉書頁面給我看，他的好友人數居然高達一千多人。

「那一千多個人你都叫得出名字？」

「當然。」他信誓旦旦。

我才不信。

「妳要不要辦一個新的臉書帳號？」孫楊像是隨口提議。

我心生警惕，「爲什麼這麼說？」

「如果妳停掉舊有的帳號，不就表示不想讓別人找到妳，或是想與以前的朋友做切割嗎？要是妳眞的想繼續使用臉書，不如乾脆重辦一個帳號如何？」孫楊豎起大拇指比了比自己，「到時候請讓我當妳第一個臉友。」

我挑眉思索片刻，搖頭拒絕這個提議，畢竟我一樣使用褚心岑這個名字，難保那些褚心岑的舊識不會因此找到我。

「好吧，反正要是妳以後有新帳號，記得一定要告訴我喔。」

「爲何？」我覺得好笑，孫楊眞是個管家公。

「唉唷，幹麼這麼小氣。」他冷不防用屁股撞了我一下，力道之大，讓我一時沒握緊手機，手機掉在地上，正好啓祥哥喚他過去，他趕緊撿起手機還給我並向我道歉，隨即匆匆跑向啓祥哥。

我仔細確認過手機螢幕沒有裂痕才安下心來，此時螢幕忽然跳出一則陌生號碼傳來的簡訊。

「褚心岑，妳都沒有話要對我說嗎？」

我心中一驚，那是誰？

是褚心岑過去的朋友找上門了嗎？

我頓時覺得煩躁無比，爲什麼我要爲褚心岑那個自私的女人煩惱？

我決定一勞永逸，我和只會逃避問題的褚心岑不一樣，我要去參加綠茵的校友會，告訴那些褚心岑「曾經的好朋友們」，要他們永遠別再來煩我。

因爲，我不是褚心岑，我沒必要幫她善後。

下班後，我打算先去褚月存住著的那個家裡拿點東西，我已經有五年沒回去過那裡了。坐上捷運，意外在車廂裡看到孫楊與賴名慧，不過他們沒注意到我，兀自談笑風生。孫楊還說沒有要追她，看樣子傳言並非空穴來風。

我不想跟他們打招呼，便往另一個車廂走去，心裡盤算著褚月存應該還沒下班，我迅速拿完東西離開就不會碰上她。

當我步出車廂，只見孫楊走在前方，我連忙混入人群之中，小心翼翼地回頭張望，卻已不見賴名慧的身影。

難道孫楊住在附近？有這麼巧？

爲了避開孫楊，我硬是在車站裡多等了五分鐘，才搭上手扶梯走出捷運站，幸好一路上沒再遇見他。

但也許就是因爲多耽擱了這五分鐘，又或者是褚月存今天比較早回來，總之我在樓下就看見家裡的燈是亮著的，既然避不了，那也就不避了。我拿出鑰匙開門，在轉動門把時，聽見屋內傳來一陣急促的腳步聲，當我一推開門，褚月存已經站在玄關，臉上流露出明顯的期待。

然而當她對上我的雙眼，難以掩飾的失落隨即取而代之。

「妳回來做什麼？」

我不理會她的冷言冷語，側頭看向玄關旁的置物櫃，上面果然躺著一張熟悉的紅色邀請卡，便順手拿起。

褚月存想阻止我：「那是給心岑的！」

「對別人來說，我就是褚心岑。」我把邀請卡收進包裡，「再見。」

「妳爲什麼還在？妳殺了我的女兒，妳殺了她啊！快點消失！把我女兒還給我！」

她衝過來拉住我的外套，企圖將我往屋內拖去，我用盡全身力氣抵抗，並舉起包包往她身上揮去，她吃痛地鬆手。

我惡狠狠地瞪著形容狼狽的她，「妳有什麼資格怪我？什麼叫我殺了妳女兒？妳怎麼不問問自己爲什麼從未發現她有自殺的念頭？」

我的話必定深深刺痛了她，我知道的，尤其我又頂著這張和褚心岑一模一樣的臉，對她來說，應該宛如刨刀狠狠刮著她的心。

她兩眼呆滯，雙膝虛軟跪下，捂著臉痛哭失聲，但我可不打算放過她。

「我殺了她？我還要怪她，被救活了卻不敢面對自己的問題，還繼續逃避，甚至生出我這個人格，逼我去面對她無法面對的世界！是我該生氣吧？妳憑什麼生氣啊？」

我氣不過，隨手拿起一件置物櫃上的玻璃裝飾品，往地上用力一砸，再重重地甩上門離開。

每次看見褚月存，我就會心煩意亂，尤其她一直不放棄在我身上找尋褚心岑的影子，更讓我氣憤難耐。

她的眼淚同樣令我無法忍受，這一切的一切，逼得我快要窒息。

所以我一定要快點解決褚心岑的問題，對了，也許我可以去改名，等我擺脫掉褚心岑過去的那些朋友後，我便可以徹底丟掉褚心岑這個人了。

#

各位親愛的綠茵校友：

多年過去，您現在是否完成了高中時期的夢想，成爲職場中的佼佼者呢？

您有多久沒有重拾往日時光，單純地與昔日同窗聊聊天呢？

五月一日，不談生意，只敘友誼。

我依照邀請卡上寫的時間來到聚會地點。

我事先擬定好計畫，先酒足飯飽一番，等著認識的人主動與我搭話，然後我將會用極盡惹人厭的態度對待那些人，無論褚心岑過去做錯什麼事，無論有多少人前來找麻煩，我一概不認。

必要時我也能挨對方幾個巴掌，就此撕破臉，也就不會有後續的接觸了。

好在今天畢姊和啓祥哥臨時有事無法前來，不然要在他們面前當個潑婦，還眞有點難度，畢竟是每天要見面的同事，還是要保持一點形象。

我身穿一襲剪裁合身的黑色洋裝，腳踩高跟鞋，踏進這間高級飯店。

富麗堂皇的大廳頂上垂掛著數盞水晶吊燈，氣派的櫃臺由大理石製成，大廳中央擺著一台液晶螢幕，輪番顯示今日在飯店舉行的喜宴或餐會的相關訊息。我朝電梯方向步去，已有一群年紀與我相仿的人在等候電梯。

原本我以爲，前來參加綠茵校友會的人數眾多，不會這麼快就碰上褚心岑的舊識，然而莫非定律果然有其道理，一個身穿鵝黃色洋裝的女人本來與朋友聊得正開心，卻在看見我的時候明顯一愣，眼底浮現不屑。

我默不作聲，決定按兵不動，默默站在人群後方。

「妳還眞有臉過來？」她不友善地開口。

我對她的長相有些印象，似乎在褚心岑的臉書上看過，不過想不起她是誰。

她身材纖細高䠷，蓬鬆的短鬈髮染成亞麻綠，唇上塗著大紅色的口紅，精細勾勒著眼線的單鳳眼氣場十足，外型亮眼。

我朝她微笑，並沒多加理會。

我的計畫可是要先吃飽，再翻臉，不想還沒入場就與人爭吵。

那個女人卻對我的態度感到疑惑，她正要開口，兩道電梯門同時開啓，她的同伴顯然不認得我，拉著她進到電梯，而我則走進另一台電梯。

「妳今天有去綠茵校友會嗎？」

手機收到孫楊傳來的訊息，我很驚訝為何他會知道綠茵校友會的日期，不過很快會意過來，今晚他陪同畢姊和啓祥哥去見客戶，應該是從他們口中知道的。

「我正在電梯裡。」

於是我便回了訊息，不到幾秒，孫楊立刻又傳來訊息。

「電梯？哪個電梯？所以妳去了？」

「對，我有些事要處理，順便見見以前的老朋友。」

我將手機收進包包，不再理會接連傳來的震動，視線落向樓層顯示面板，隨著數字逐漸攀高，最後在最高樓層停下，叮的一聲，電梯門緩緩開啓。

我在報到處出示邀請函與證件，並寫下自己的畢業年份與班級，接過工作人員準備好的名牌掛在脖子上，緩緩步入鋪著奢華紅色地毯的會場。

頂樓四面均是落地窗，不管哪個方向都能欣賞璀璨的台北夜景，精緻美味的中西各式自助餐點陳列在兩旁，服務生端著一杯杯香檳穿梭在人群之中。今晚不單單只是綠茵校友聚會，同時也是眾人炫耀財力與能力的時刻。

場內衣香鬢影，我注意到幾張曾多次出現在電視上的熟悉面孔，也有一些看起來像是戰戰兢兢的普通上班族，想必當年是因爲成績分外優秀才能考上綠茵，或者像褚心岑一樣，是透過交換學生制度而幸運進入綠茵就讀。

不過有一點很奇怪，綠茵所施行的交換學生制度，僅開放高二學生申請，最短半年，最長一年，但褚心岑卻是在綠茵畢業的，表示她不僅是交換學生，甚至進一步轉學至綠茵。

爲什麼她要這麼做？或者應該問，爲什麼她有辦法這麼做？

這個疑問只在我腦中一閃而過，就被我丟開，對於她的過去，我沒興趣知道。

我無意與人攀談，取了些餐點走到角落享用，期間不乏有人主動招呼我，並交換名片，但都不是褚心岑的朋友。

環顧四周，紀衛青就站在不遠處，他正與幾個人談天，我並不打算過去打擾；至於剛才在電梯前遇見的那個身穿鵝黃色洋裝的女人，則不見人影。

我端著一杯香檳站在落地窗前，俯視腳底那片霓虹閃耀的街景，心想也許今晚無法見到褚心岑的朋友吧。

片刻過後，我從玻璃倒影中注意到有人靠近，不知道是不是褚心岑的朋友，我仰頭將最後一口香檳飲盡。

我側頭向來者望去，一個長相清秀的男人輕靠在窗邊，手裡拿著一杯果汁，清澈的雙眼看著我微笑。

「嗨。」他先開口。

我不認得他，禮貌地微笑以對。

「嗨。」我掏出名片，他卻沒有動作，僅瞄了我的名片一眼。

「心岑，妳以前說過不喜歡數學，怎麼會進入保險這一行？」男人嗓音輕柔。

我從他的話中得知他認識我，應該說，認識褚心岑。

可是他的面容很陌生，至少我不曾在褚心岑臉書貼文底下的留言裡見過，而他對我也不像是有敵意。

「保險和數學沒有很大的關係。」我隨口回了句，思索著要如何套出他的名字。

他盯著我看了許久，「妳好像變了。」

我心中微微一驚，故作淡然地說：「出社會以後，誰不會改變呢？」

「也是。」他輕啜一口果汁，「我是華佑惟。」

我很慶幸他主動告知自己的姓名，卻忽略了其中的不自然之處。

「好久不見，佑惟。」我笑著說。

「妳以前都叫我華學長。」他歪頭一笑。

他是在套我話嗎？

「都畢業這麼久了，還要叫學長嗎？」我盡量處變不驚，與他一來一往。

「習慣是不會更改的，不是嗎？」華佑惟終於接過我手中的名片，並且從西裝外套內側取出名片夾。

我看了眼他的名片，原來他在兒童福利聯盟擔任志工心理治療師，於是笑著恭維了幾句，正準備將名片收起來時，他再次開口：「褚心岑已經不在了嗎？」

這句話令我驀地愣住，有些詫異地看著他，「你說什麼？」

「妳曾經來『心事室』找我聊天，之後也一肩擔起延續『心事室』傳統的責任，所以我知道妳的問題是什麼。」

華佑惟所言讓我相當困惑，但他望著我的雙眼彷彿看穿了一切。

我渾身僵硬，不知道該做何反應。

華佑惟見狀只是輕輕一笑，視線往我緊握在手上的名片掠過，「如果妳有任何問題，妳知道在哪裡可以找到我。」

說完，他姿態優雅地轉身走開，加入另一群人的閒聊，不知道他是不是說了什麼，其中有幾人不約而同朝看我來，並揮手致意，我也禮貌地點頭微笑。他們並沒有進一步過來寒暄，我暗自猜想，也許他們只是知道褚心岑是誰，但並不算認識。

我低頭檢視華佑惟給我的名片，衷心期盼不會有用到它的一天。

一陣急促的腳步聲從後方傳來，有人用力抓住我的肩膀，我扭頭看去，那是個面容陌生的女人，但又好像曾在褚心岑的臉書上看過。

「褚心岑，妳去哪了？」她目眶含淚，語氣中帶著質問。

終於出現了，褚心岑過去的友人。

我心中湧現一絲驚慌，更多的是慶幸。

我刻意揚起滿不在乎的笑容，對眼前的女人說：「關妳什麼事？」

褚心岑，今天，我要徹底地殺死妳，讓妳的過去不會再有機會騷擾我。

第三章

偶爾，我會夢見自己站在湖面上，腳下的倒影和我長得一模一樣，神態卻截然不同，想必那就是褚心岑。

她躲藏在我的意識深處，我不知道她是不能出來，或者只是她不願出來。她總是用悲傷的雙眼凝視著我，有時會哭泣，有時會吶喊。

我聽不見她的聲音，但可以從嘴形讀出她所吶喊的話語。

「爲什麼我還沒死？」

「爲什麼我還在這裡？」

這讓我心中始終縈繞著一股隱隱的不安。

六年前，我莫名出現在這個世界，會不會有一天，當我把自己的人生過得好好的，並且順利跨越褚心岑當年束手無策的難關時，她便會回來接收一切？

那麼到時候我會去哪裡？

被困在湖面下的就變成我了嗎？

褚心岑既然能幻化出我，或許有一天她也能殺掉我。

所以在她殺了我之前，我要先毀掉所有她與過去的羈絆，甚至再次觸及讓她自殺的原因，才能使她徹底崩潰，並且消失。

唯有如此，這具身體與這個人生，才能眞正地完全屬於我。

我看著面前穿著牛仔長裙的女人，視而不見她眼裡的擔憂，故意輕佻一笑：「關妳什麼事？」

「妳……」女人不可置信地瞪大眼睛，抓著我肩膀的手微微鬆開。

我趁機甩掉她的手，「有話好好說，別動手動腳。」

「妳有必要這樣嗎？」另一個身形高大的男人走過來，扶住那個女人，「莊雯珂，我早跟妳說過不需要對褚心岑多費心思。」

「不，你們都誤解心岑了，只有我知道眞正的她是什麼樣的人！」莊雯珂朝我走近一步，我卻向後退了一步，我的反應讓她明顯愣住。

那個男人冷笑，「褚心岑，我沒料到妳會來。妳關閉臉書，換了手機號碼，甚至連考上的大學也沒去念，妳在搞什麼鬼？」

因爲褚心岑在二十歲那一年自殺了，她死了，但沒死透，依舊活在我的意識深處。

「關你們什麼事？」我語氣不善。

「心岑！妳就沒有別的話好說嗎？我跟李脩能就算了，難道妳連言奇栩都不在意？」莊雯珂的眼淚奪眶而出。

「我對他沒有任何想法。」我不帶感情地說。

事實上我壓根不記得這個人，所以我說的也的確是實話。

這句話激怒了李脩能，他眼冒火光地衝過來，似乎想要打我，莊雯珂連忙拉住他，而那個穿著鵝黃色洋裝的女人忽然橫插進來，直接給了我一巴掌。

這記清脆響亮的巴掌聲，讓附近的人都看了過來，雖然有心理準備可能會挨打，但沒想到這麼突然，我一時之間無法反應。

「羅子晴！妳憑什麼打她？」莊雯珂驚呼，依然拉著李脩能的手臂不放。

「憑什麼？任何人都有資格打她！」羅子晴同樣渾身散發出強烈的怒火。

嘖，褚心岑，妳過去到底做了些什麼，為什麼這些「朋友」都氣得想要打妳呢？

「欸欸，你們在搞什麼？」紀衛青皺眉走來，他身旁跟著一個長頭髮的清秀女人。

她走到我身邊，冰涼的手指輕輕撫上我的臉，「還好嗎？」

說也奇怪，我明明不認識她，卻不排斥她的觸摸，只是輕輕地搖頭。

「學長，這件事和奇栩有關。」李脩能儘管語氣禮貌，卻絲毫不肯退讓。

紀衛青聳聳肩，「你們班的事我不打算過問，只是現場人這麼多，別在這裡鬧事行嗎？」

接著，他對那個清秀的女人說：「莫狄，走了。」

莫狄對我淺淺一笑，便隨著紀衛青的腳步離開。

眾人的注意力很快從我們身上移開，繼續各自談天。

經紀衛青這麼一說，那三個人還眞的收斂了不少，儘管李脩能和羅子晴的眼神像是要殺了我一樣。

「心岑，妳爲什麼要這樣說話？這不像妳啊，難道以前那些都是假的？妳的笑容，還有說過的每一句話都不是出自眞心？」莊雯珂邊哭邊說。

她那眞誠的擔憂令我心中微微一動，第一次發自內心地疑惑——

褚心岑，妳爲什麼要自殺？

即便妳不把他們當朋友，但眼前這些人是眞正把妳當朋友的，即便斷了聯繫多年，他們見到妳還是會爲妳生氣、哭泣、憂慮，這些情緒全都源自於對妳的在乎。

妳明明擁有他人如此眞摯的情感，爲什麼要自殺？

「我不知道。」這是我最誠懇的回答。

然而他們以爲我又在推託，於是羅子晴火又上來了，衝過來抓著我的肩膀怒喝：「什麼叫妳不知道？一句妳不知道就沒事了嗎？」

我對於她如此強烈的恨意感到不解。

「放開我。」我心中越來越煩躁，爲什麼我要爲了那些根本不關我的事在這裡瞎攪和？我受夠了，因此我用力推開她。

她。

羅子晴沒料到我會反擊，往後踉蹌數步，差點跌倒，多虧李脩能眼明手快地扶住了

李脩能語氣中充滿是不諒解，「褚心岑，妳怎麼可以這麼狠心，從剛才到現在，妳一句話都沒有問到他。」

「問到誰？」我莫名其妙地回。

此言一出，只見莊雯珂眼淚掉得更凶了，李脩能目光流露出鄙夷，而羅子晴則再次朝我走來。

「妳在裝嗎？」她美麗的面孔變得有些猙獰，「妳對言奇栩一點歉意都沒有嗎？」

「我做了什麼？」言奇栩這個名字我有印象，之前在臉書上看過，但我確實不知道過去褚心岑對他做了什麼。

「妳還敢說！」羅子晴再次用力抓住我的肩，她的指甲幾乎都要陷入我的肉裡。我痛得低呼一聲，扭頭朝她瞥去，卻意外捕捉到她眼中的悲傷。

「心岑，奇栩自殺了，妳一點感覺都沒有嗎？」莊雯珂幽幽出聲。

聞言，我不由得一愣，脫口而出：「他死了嗎？」

「這就是妳問到他的第一句話？」李脩能滿臉不可置信，「我們真的錯看妳了。」

說完，他頭也不回地離開。

「我詛咒妳去死！」羅子晴子惡狠狠地撂下這句話，然後也跟著走了。

她不用煞費苦心詛咒了，真正的褚心岑早就死了。

我捏了捏發疼的雙肩，看向一旁哭成淚人兒的莊雯珂，她眼底也有著不諒解，但更多的是疑惑。

「他是什麼時候自殺的？」我其實也不知道問這個問題有何意義。

「在妳消失之後。」

「我什麼時候消失了？」

莊雯珂睜圓眼睛，像是張口欲言，最後卻只搖搖頭，化為一聲嘆息，「高中畢業後，我們幾個人一起去花東旅行，回來妳就突然音訊全無，言奇栩發了瘋似地找妳，妳卻宛如人間蒸發……」

「他死了嗎？」我又問了一遍。

「沒有，他被救回來了。衛青學長說他在偶然間遇見妳，言奇栩也知道這件事，但他今天沒有過來。」莊雯珂的眼淚又落了下來，「心岑，難道我真的從來沒有了解過妳嗎？妳到底在想什麼？聽到言奇栩自殺，為什麼妳能無動於衷？難道你們之間的感情是假的？」

「我和他，曾經戀愛過嗎？」

我出於真誠的提問，在莊雯珂耳中聽來卻是冷血至極的表現，她萬念俱灰地掉頭離去，像是對我再不抱期待。

我從服務生手上的托盤取過一杯香檳，輕啜了一口，陷入沉思。

褚心岑與她高中時的男友言奇栩都走上了自殺這條路，言奇栩在褚心岑消失後自殺，所幸被救回來了；而褚心岑在二十歲生日的那一天自殺，也同樣被救了回來，但那只是表面上，眞正的褚心岑其實已經死了。

他們先後選擇自殺，兩者之間有什麼關聯嗎？是因爲感情糾紛嗎？

我咬著下唇，不自覺捏緊手中的酒杯，這到底是怎麼一回事？我該探究下去嗎？

明明今天過來這裡的目的，是要摧毀與褚心岑過往友人的連結，我卻莫名在意起這椿太過巧合的事件。我不是褚心岑，都會爲了未曾謀面的言奇栩而情緒起波動，爲他的自殺感到憐憫與不安，那麼褚心岑呢？

如果眞正的褚心岑還在，她聽到言奇栩這個名字會有什麼感覺？

她聽到他自殺的事會有什麼反應？

她和言奇栩之間，到底發生過什麼？

後來我又待了一會兒，以褚心岑的身分與幾個不認識的人交談，才帶著些許的酒意提前離開會場。

站在飯店豪華氣派的大門口，夜裡的涼風拂面而來，我深吸一口氣，閉起眼睛，想藉由這陣風讓酒意消退，過了半晌，才緩緩睜眼，卻被面前那個緊盯著我看的人嚇了一跳。

「妳爲什麼還是決定來了？」孫楊眸中有著我不能理解的擔憂與惱怒。

「難道我做什麼都需要跟你報備？」我不禁失笑，也許是因爲他的質問太莫名，也許是因爲酒意，更也許是因爲剛才在會場那番談話帶來的衝擊，讓我覺得很想笑。

「當然不是。」他抓了抓後腦勺，聲音軟了下來，「妳還好嗎？」

「不小心多喝了一些，沒事。」我不以爲意地聳肩。

「我不是說那個……」孫楊罕見地欲言又止。

「怎麼了？」

「妳見到老朋友開心嗎？」他問了一個怪問題。

我再次失笑，輕輕搖頭。

他沒有再說話，就只是靜靜地陪我站著，天邊的月亮又大又圓，我想起新聞報導提到，今晚似乎是超級月亮，於是我一手指著月亮，另一手拉了拉孫楊的衣袖：「你看，月亮好大，要是從月球看向地球，不知道會看到什麼樣的景色？」

「大概只有嫦娥才知道了。」孫楊一笑，寬厚的手掌包住我的手指。

我微微一怔，「你在做什麼？」

「我看妳好像站不太穩。」他一副理所當然的態度。

「你都是這麼做的嗎？」

「什麼?」

「這樣占女生便宜。或許有女生會吃這一套，但我不會。」我想把手抽回來，孫楊卻不肯鬆開。

「孫楊。」我厲聲道。

「我不是在占妳便宜。」他輕聲說，抬眼看向月亮，「今晚月色眞美呀。」

今晚，所有的事情都出乎我意料，無論是褚心岑過往的朋友，或是此刻的孫楊。

「因爲是超級月亮。」我冷著聲音說，索性放棄掙扎，任憑他握著，反正不痛不癢。

孫楊搖頭苦笑，低頭審視我的表情，彷彿期盼能找到什麼，最終卻因尋找未果而失望。

沐浴在皎潔的月光下，我心想，潘朵拉的盒子，怕是關不回去了。

因爲，我太在意那個爲了褚心岑自殺的男孩。

#

校友會過後幾天，我決定重新啓用荒廢六年之久的臉書，思索了老半天，發的第一篇文是介紹自己的職業，順道拓展潛在客戶。

對此，有些人留言表示驚喜，同時也出現不少酸言酸語。

魏撰之：@言奇栩 快來看。

至少有個人在六年前、六年後，留言的內容都完全沒變。

「喂。」我朝正坐在前方長桌旁聊天的孫楊喊。

那天晚上，他牽了我的手後，像個沒事人一樣送我回家。

雖然只活在這個世上六年，但我在心理上已經是個二十六歲的成年人，不會爲這種無聊的小事感到尷尬，反倒是孫楊一反常態，似乎刻意與我保持距離。

「孫楊，褚心岑在叫你。」與他聊天的同事提醒他。

我想孫楊不是沒發現，只是假裝沒聽見。

他咳了一聲，終於肯看向我，臉上露出不自然的微笑，企圖作出一如往常的樣子，聲線卻提高了幾度，「嘿，怎麼了？」

「我有了。」

我尚未意識到自己說的話有引人誤會的歧義，一旁的同事搶先大呼小叫了起來，引來賴名慧的注意。

「怎麼了？」她好奇地從座位上走過來。

有個男同事為她說明：「褚心岑有了，她對孫楊說她有了，這是要辦喜事的節奏嗎？」

「難怪我就想這幾天孫楊的態度很詭異，原來是好事近了啊！」另一個男同事也笑嘻嘻地搭話。

我只差沒翻白眼，起身走到同樣一臉慌張的孫楊身邊，把手機放到他面前，「我有臉書了。」

「啊？」不只那些起鬨的同事，連孫楊也搞不清楚狀況，抬頭傻愣愣地看著我。

「你不是說，如果我有臉書的話，你要當我的臉友嗎？」我提醒他。

孫楊恍然大悟，拿起我的手機細看。

「什麼啊，眞無聊。」

「跑業務啦！」

男同事們沒趣地一哄而散，只有賴名慧站在原地，輪流打量過我和孫楊，猶豫地開口：「你們在交往？」

「沒有。」我搖頭，斜覷了眼正忙著看我手機的孫楊，「別誤會。」

「是這樣啊……」她唇角微微勾起，臉上卻笑意全無，眼神在孫楊身上停留了一陣才回座。

「孫楊，你眞是糟糕。」我笑著調侃孫楊，他卻置若罔聞，目光緊盯著我的手機，我忍不住問：「你在看什麼？我的臉書塗鴉牆有那麼好看嗎？」

「妳沒有新開帳號？」他抬頭，眼底寫滿疑問。

「新開帳號太麻煩了，反正我的朋友都在這個帳號裡。」我說。

這個帳號與褚心岑的過去息息相關，如果我想殺死褚心岑，也許該透過臉書聯繫那位傳說中的言奇栩，與他見上一面。

「妳的朋友？」孫楊微微皺眉，彷彿我剛才說的話有多難理解，「妳是說妳高中的朋友嗎？」

「對啊，就是以前的朋友啊。你到底要不要加我好友啦？」

我作勢要抽回手機，孫楊立刻快速登入他的帳號，傳送交友邀請給我，然而做完這些之後，他卻仍握著我的手機不放。

「你喜歡我這款機型，可以去通訊行買。」我示意他把手機還我。

「我以爲妳會開新帳號。」他吶吶地說。

對於他如此執著於這一點，我感到怪異，「怎麼了嗎？」

「沒什麼，因爲妳說自己停用臉書很久了，我以爲妳是想要割捨過去，沒想到猜錯了……眞是的，我還以爲自己很會看人呢。」

「所以你是惋惜我沒按照你猜測的路線走嘍？」我雙手扠腰。

「有一點，畢竟作爲保險業務要會看人才行嘛！」他笑了，眼角彎成好看的弧度。

「那你應該多看看四周，你單身對吧？」我拍拍他的肩膀，有意無意地朝正往這處偷看的賴名慧瞟去。

「什麼意思啊！」孫楊怪叫。

我沒理會他，逕自回座。

手機螢幕的畫面停在孫楊的臉書塗鴉牆，大頭照裡的他，站在一片草地上，笑容和他身後耀眼的陽光一樣燦爛。那張大頭照獲得了兩百多個讚，以男生而言，這算是很了不起了，看樣子孫楊還眞的是個受歡迎的男人。

「各位，如果有需要加印名片，請在下班前將一張自己的名片放到名慧桌上。」有個同事大喊。

眼看和客戶約定的時間快到了，我連忙收拾東西，準備出門，順便把名片放過去。

當我打開名片夾時，卻意外瞥見一張不屬於我的名片。

華佑惟。

我想起這位在綠茵校友會上遇見的學長，他所說的話令我有些在意。他說褚心岑當年曾經找他聊過，他說他知道她的問題是什麼。褚心岑有什麼問題？

難道他知道褚心岑爲什麼會想要自殺？

「心岑，妳怎麼了嗎？」賴名慧伸手在我面前搖了搖，「妳在發什麼呆啊？」

「她業績太好了，所以有很多時間可以發呆。」孫楊從我身邊經過，開玩笑地說了一句，順手把他的名片丟進賴名慧桌上的盒子。

「是啊，就算我發呆一個月，某人的業績也追不上我。」我也把自己的名片投入盒子。

「欸，妳是在說我嗎？」孫楊停下腳步，正色道。

「誰答腔我就說誰嘍。」我快步走出辦公室，摁下電梯鈕。

「你們兩個感情還眞好……」賴名慧言不由衷地笑了笑，「我好羨慕呀。」

「這樣就是感情好嗎？」孫楊聳肩。

我和孫楊一前一後步入電梯，電梯門關起後，我看了他一眼，「所以你知道吧？」

「知道什麼？」他一頭霧水。

「賴名慧的心意。」我說得委婉卻也直接。

孫楊只是歪了歪頭，似是在裝傻。

我不禁蹙眉：「你這樣裝傻，就是知道。」

「也可以說是，我這樣裝傻，就能當作不知道。」他對我擠眉弄眼。

「這是什麼糟糕的說法？」我很不以爲然。

他露出狡猾的微笑，笑而不語。

到了一樓，他率先走出電梯，旋身看著我：「以前有人這樣教過我呢。」

「誰？你學生時代的狐群狗黨嗎？」我也跟著走出電梯，好笑地問他。

孫楊搖頭，「我的初戀情人。」

出乎意料的回答令我一愣，難以想像孫楊竟連初戀情人說過的話都還記得，這樣深情的表現，似乎與他一貫以來的愛玩形象不符。

「所以現在那個初戀情人呢？」

「她消失了。」他雙手一攤，「跟煙霧一樣，什麼都沒留下。」

「難道不是因爲你太愛玩，她才遠遠逃開嗎？」我揶揄他。

「我可是很專情的。」他瞇起眼睛搖頭，「大概是我太纏人了吧。」

見他似乎不像是在開玩笑，我也不敢再胡亂調侃，只淡淡地說：「賴名慧喜歡你，如果你沒那個意思的話，就想辦法好好處理。」

「我不是說了，那根本就是無中生有的傳言。」他跟在我身後，往捷運站的方向走去。

「你知道那不是眞的，但是聽到的人不知道啊。」

「這傳言是從哪裡傳出來的？」

「我哪知道。」我掏出悠遊卡進站。

「等等我。」孫楊手忙腳亂地從口袋找出悠遊卡。

等他好不容易通過閘口後，我語重心長地對他說：「賴名慧是在傳言出現前喜歡你，還是在傳言出現後才喜歡上你，兩者很不一樣喔。」

「有何不同？反正我都不會接受。」孫楊臉上的微笑看起來還真是殘忍。

「如果她是以爲你喜歡她，才喜歡上你的話……算了，也不關我的事。」我指向手扶梯，「我要搭綠線，和客戶約了在綠線某站附近碰面，你也是？」

他聳肩不答。

「我今天也要搭綠線。」然後他又跟了上來。

我看不出來他是什麼意思，也不打算理會，於是對他揮揮手，「那我走了。」

我皺眉，「你今天根本沒有要拜訪客戶吧？」

「不一定啊，也許我會沿著綠線開拓新客戶。」他嬉皮笑臉地跟著我搭上手扶梯。

「孫楊，你眞該正經一點，女生不會喜歡不正經……算了，當我沒說。」

「妳今天算了的事還眞多。」孫楊愉快地哼著不成調的歌曲。

在捷運的月台上，我問起他這個月的業績，他似乎不是很在乎，他那副吊兒郎噹的樣子還眞讓人擔心。

「放心，前輩們不都說了嗎？做保險只要能撐過一年，基本上都能做得久啦。」由他說出這句話還眞是沒有說服力。

「話說，你那天爲什麼會忽然去那裡？」

「去哪裡？」

地板上提示列車將要進站的紅燈開始閃爍，一陣風從隧道內湧出。

「綠茵校友會那天，你爲什麼會去那間飯店？」

「我去找妳。」他先是看向駛進月台的列車，隨後才將目光轉向我。

「找我？」我以爲自己聽錯了。

此時捷運車門打開，乘客魚貫進出，他輕輕推了我一下，我趕緊步入車廂。

我們站在車門邊，他默不出聲，只是盯著我瞧，臉上的表情讀不出是何情緒。

「你好像一直很介意我去綠茵校友會，爲什麼？」我問。

「我只是覺得……妳好像不是很想去。」

「爲什麼這麼說？」我自覺並沒有表現出來。

「就是感覺。」他不再多說。

我放在口袋裡的手機突然一震，我掏出手機察看。

「既然妳重新啓用臉書，那妳應該看得到九年前的今天發生了什麼事才是。」

那是莊雯珂傳來的臉書訊息，就是那個在校友會上一直對著我哭哭啼啼的女人。她傳這則訊息給我？九年前的今天發生了什麼事？我應該要知道嗎？

「欸，孫楊，你很懂臉書的功能嗎？」我問面前的男人。

他眼睛一亮，「當然，我人稱臉書小王子呢，妳有什麼問題？」

「人稱?誰這麼叫你啊?是你自封的吧。」我吐槽他。

孫楊笑嘻嘻地也不否認,我問他什麼叫作「看得到九年前的今天發生了什麼事」。

「那是『我的這一天』回顧吧。」孫楊靠到我身邊。

依照孫楊的指示,我點開了「我的這一天」,映入眼簾的是一張張的照片,最後一張照片的上傳時間是七年前,至於九年前的今年,也有一張一群人穿著高中制服站在走廊上的合照。

照片裡褚心岑與一個男孩並肩而立,兩個人都面露靦腆的微笑,這個男孩想必就是言奇栩了,他濃眉大眼,有著好看的外貌,應該頗受女生歡迎。

至於一同入鏡的其他幾個人,倒是都不陌生。站在褚心岑另一側比出勝利手勢的短髮女孩笑得開懷,是莊雯珂;而另一個雙手插在外套口袋的女孩綁著斜馬尾,嘴巴微微嘟起,看起來像是在生氣,那是羅子晴。言奇栩的身側則站著李脩能,他將手搭在言奇栩的肩上,帶著快意的笑容注視著鏡頭。

我唯一猜不出身分的是一個最靠近鏡頭的陌生男孩,他雙臂大張,嘴巴也張得老大。

儘管對這一幕印象全無,但光是看這張照片,就能想像出這群少男少女之間的感情有多融洽,相處有多快樂,像是爲名爲青春的這本書,寫下了極爲精采的一頁。

「致我們。」

這是當時褚心岑爲這張照片寫下的註解，按讚人數高達五百多人，也有七十幾則留言，這讓我非常驚訝。

要不是知道褚心岑自殺了，我大概也會認定，她的高中生活多采多姿，有帥氣的男友，也有關係融洽的好朋友。

「妳的高中生活原來是這樣……」同樣看到那張照片的孫楊淡淡地說，隨後與我稍微拉開距離，輕靠在座位旁邊的玻璃隔板上。

我把手機收回口袋，「你的高中生活想必更加多采多姿吧。」

「不，如果用顏色來比喻，我的高中生活大概就是濁白色吧，接近灰色的那種，而且很黏稠，怎麼都攪不開。」他雙手誇張地作勢攪動，五官也緊皺在一起，「就像白膠一樣，啊，或者應該說是水泥。」

「你高中過得是什麼生活啊？」我被他的形容逗笑。

他先是一愣，也綻開笑容，「很普通的生活，就是那種最典型的青春，有遺憾也有快樂。」

雖然他如此說，我仍能感受到他話中帶著深切的情感，在那一瞬間，我有點擔心他會反問我同樣的問題。

我對於我的青春毫無記憶，那甚至不是我的青春。

好在孫楊並沒有多問，我鬆了一口氣。

到站以後，孫楊表示他還沒要下車，我們就此道別。

去往與客戶約定的地點途中，我點開了莊雯珂方才傳來的臉書訊息，思索片刻打下：

「我看見那張照片了，大家很開心地站在走廊上合照，怎麼了嗎？」

然而在發送之前我猶豫了，莊雯珂並不了解事情的全貌，這樣的訊息只會顯得我更加冷血，如果想知道更多關於楮心岑的過去，或許不該直接問。

所以我刪掉那段話，改輸入：

「言奇栩人在哪裡？」

隨後將訊息發送出去。

訊息立刻顯示已讀，卻久久沒有收到莊雯珂的回覆。

直到我來到客戶的公司，莊雯珂還是無消無息，於是我將手機收進包包裡，朝客戶揚起美麗的微笑。

「您好，我是富貴人壽的褚心岑，很高興您給我機會過來拜訪，請讓我先為您介紹一下我們公司的保單。」

我不是褚心岑。

但如果我想要拋開褚心岑的牽絆，就必須先認識她。

也許，唯有知道她的過去，我才能眞正地擺脫她。

然後活出我自己。

第四章

「褚心岑，妳拜訪完客戶了吧？」

「你還眞閒，是吧？」

結束客戶拜訪後，我手機收到的不是莊雯珂的訊息，而是孫楊。

我邊回覆邊朝捷運站走去，卻在捷運閘門前看見孫楊正要出來。

「孫楊，你陰魂不散呀。」我皺眉。

「請說台北眞小好嗎？時間差不多到中午了，要不要一起去吃飯？」他指了指手錶，時針已近十二點。

「你怎麼老是開口閉口吃飯？」

「因爲吃飯很重要啊，吃飽才有體力做事，有事情做才不會胡思亂想啊。」孫楊朝我豎起拇指，「我知道附近有間不錯的麵店，走吧。」

「好吧。那你今天到底有沒有開發新客戶？」我無奈地跟著孫楊去到一家麵店，順道問起他今日的戰況如何。

他說他吃了幾次閉門羹，但好在臉皮夠厚，最後在路上搭訕到一位老人，相談甚歡，對方還邀請他回家詳談。

「可是啊，他兒子忽然回來，以爲我向老人賣假藥，拿著掃把就要把我趕出去耶！」孫楊一面把乾麵塞進嘴裡，一面說起宛如電視戲劇的誇張情節。

「所以你就被趕出來了？」我夾起一塊豆腐，沾了點辣醬送入口中，這家麵店味道還眞是不錯，裝潢雖然不起眼，可是眞材實料，十分美味。

孫楊神祕一笑，「不，我簽成了。」

「眞的假的？」我失笑，瞧他得意的。

「所以今天這餐我請客吧。」他拍拍胸脯。

我好笑地環顧桌面，兩碗乾麵和幾盤小菜，最貴的不過是一份六十元的肝膩。

「你簽成了什麼單？醫療？基金？美金儲蓄？」

孫楊豎起四根手指頭，他一舉簽成了四張保單，基本上這個月他已經業績達標了。

我睜圓了眼睛，「怎麼可能！」

「靠我眞摯的雙眼和誠懇的態度。」他摸摸下巴，「還有我帥氣的外型吧。」

「少來。」我推了他一下，「你要做還是做得到啊。這樣你只請這一餐太小氣了。」

「之前畢姊給妳的那筆單才叫大，妳也沒請吃大餐呀。不過我是好人，願意再請妳去高級餐廳吃一頓喔。」

我搖頭，「不了，跟你開開玩笑而已。簽成保單是你的本事，不需要再請我了。」

「是這樣嗎？我可是很認眞的。」孫楊挑眉，「最後一次機會，要不要再考慮一下？」

我假裝苦惱地猶豫片刻，卻仍搖頭，「把錢留著，去約你有興趣的女生吧。」

孫楊一愣，隨即嘴角勾起，「這句話，我初戀情人也曾說過。」

「喔？是在什麼情況下說的？」我喝了口乾麵附贈的熱湯，好奇起孫楊過往的青春篇章。

「在我帶著零用錢去約她，問她要不要和我去喝飲料的時候，她也這麼說。」孫楊臉上浮現出難得的柔情，原來像他這樣不正經的男生，想起初戀情人也還是會一派純情呀。

「但最後對方不還是和你交往了嗎？」所以才會稱對方爲初戀情人啊。

「算是有，還是沒有呢？」孫楊歪了歪頭，定定地看著我，「我想她大概一點都不在乎我吧。」

「這樣還算是初戀情人？」

孫楊只是無奈地聳肩，沒有接話。

見他這樣，我拍拍他的肩膀，故意誇張地嘆息：「所以你就是被你那位不知道算不算是初戀情人的女友傷得太深，現在才會變成玩咖呀。」

「亂講，我才不是玩咖。只是看起來有點像……」孫楊沒好氣地說。

看樣子他還頗有自知之明。

我哈哈笑了兩聲，接著聊起其他話題。等吃得差不多後，孫楊起身結帳，我則去洗手間整理儀容，等會我還約了另一位客戶。

從洗手間走出來，我瞧見孫楊站在麵店門口低著頭滑手機，彷彿感受到我的視線，他抬起頭與我四目相接，我對他微微一笑，正要走過去，卻注意到附近一個穿著銀行制服的女人一直盯著他看，還上前輕拍了下他的肩膀。

「好久不見！」那個女人興奮地說。

孫楊在看清她的臉後明顯一驚，立刻轉頭看了我一眼，但很快又看向那個女人。

「嘿，你一個人嗎？你現在在做什麼？」女人注意到他的眼神，下一秒就要朝我看來，而我也準備走上前時——

「我一個人來。看妳這身制服，妳現在在三行銀行上班？」孫楊伸手搭上女人的肩膀，直接帶著她朝麵店外走。

「孫楊！」我喊了他一聲，音量不小，不過孫楊並沒有回頭，那女人也像是沒聽見似地，兩人有說有笑，漸行漸遠。

「是啊，看你西裝筆挺的，不會是保險業務員吧？」

這是我聽見那女人說的最後一句話。

站在店門口等待外帶的顧客不約而同覷向我，大概以為我是被孫楊拋下的舊情人吧，事實上我也的確是被他拋下了。

我理了理頭髮，裝作若無其事地邁出步伐，孫楊的行為很沒禮貌，但我沒必要為這種事感到受傷。

仔細思量，那個女人該不會就是他的初戀情人吧？有這麼巧的事嗎？

在走入捷運站前，我原本想傳訊息罵他幾句，或者問問他到底是怎麼回事，然而想了想，如果我先開口提起，就顯得像是我很在意似地，於是便又作罷。

「褚心芩，今天很抱歉，因為巧遇一個高中同學，所以先離開了，改天請妳吃飯賠罪。」

孫楊的道歉訊息，我直到回家後才看見，不過我沒有回覆，也不打算回覆。

隔天進公司，孫楊還一臉討好地過來向我道歉，此舉引來賴名慧的注意。

「我沒有生氣，不用跟我道歉。」我整理完報表，拿到歸檔架分門別類放好。

「妳這樣就是在生氣啊。」孫楊亦步亦趨地跟著我。

或者最初孫楊眞的打算追她，只是後來放棄了；也有可能是孫楊騙我，他就是個無庸置疑的玩咖。

總之不管眞相是哪一種，都不關我的事。

「心岑，要外出啦？」在電梯口遇見剛好回辦公室的啓祥哥，他眉開眼笑地問候我，我也禮貌地回應幾句。

正要進電梯時，他再次喊住我。

「啓祥哥，怎麼了嗎？」

「妳……今天和客戶約了明確的碰面時間嗎？能不能耽誤妳一點時間？」

他似乎有話要跟我說，不巧我的確和客戶有約，而且刻不容緩。

「好吧，那下次再說。」於是他無奈地聳肩。

雖然一顆心被他未說出口的話懸著，但我也只能搭電梯離開。

去見客戶的路上，我左思右想，於公於私，我都想不出啓祥哥有什麼話要對我說，怎麼想都只有一個可能，大概是與綠茵校友會有關。也許紀衛青那天親眼目睹我和褚心岑的朋友們起衝突，對我印象不好，因此將這件事告訴了啓祥哥。

一想到屆時又必須解釋一次，我就覺得身心俱疲，腳下的步伐也跟著沉重起來。

拜訪完客戶後，見結束的時間比預期早，我難得偷閒，來到一間連鎖咖啡廳，點了杯熱美式，選了個窗邊的座位坐下。正當我在檢視保單時，幾個穿著銀行制服的女人推門而入，其中一個長髮的女人有些眼熟。

仔細一瞧，是那個昨天在麵店門口與孫楊搭話的女人。

「顧湘庭，妳怎麼買那麼多杯咖啡？」另一個女人問她。

那個名叫顧湘庭的長髮女人聳聳肩，「哎呀，多帶幾杯咖啡過去拜訪客戶比較討喜，希望他們願意把薪資戶頭轉到我們三行銀行來。」

「如果眞的能談成就好了，那間公司很大呢。」

我偷偷打量顧湘庭，她是孫楊的初戀情人嗎？三行銀行剛好也在這附近嗎？

我不知道自己爲什麼要介意這種無聊的小事，也許是因爲昨天孫楊爲了她而丟下我，對同事做出如此失禮的行徑，我才會想知道這女人是何方神聖。

大概是我打量得太過明顯，顧湘庭的目光看了過來，我下意識舉起保單遮住臉，隨即在心中暗罵自己，這種做賊心虛的行爲根本沒有必要，她又不認識我，而且她昨天也沒看到我。

「怎麼了嗎？」

「沒……沒什麼，我們走吧。」顧湘庭拿著裝有咖啡的提袋，和同事相偕離開。

我目送她的身影逐漸遠去，直到再也看不見，才拿起手機搜尋三行銀行的所在位置。

最近的一間分行離這裡不遠，走兩條路口就到了，而昨天孫楊帶我光顧的麵店就在那間分行後面的巷子裡。

不過知道這些有什麼意義？

儘管我要自己將注意力放回保單上，思緒卻不斷胡亂飄蕩。

#

禮拜五下午，我和孫楊受同事之託，一同外出購買下午茶點心。

途中，孫楊沒頭沒腦對我報出一間餐廳的名字與訂位時間，我一臉莫名其妙地看著他。

孫楊大驚，語氣誇張地說：「妳忘了我們約好了嗎？」

「我沒有答應你啊。」

「妳當時說了『好好好』，連續三個好，表示很肯定。」孫楊揚起帶著惡作劇意味的微笑，「反正妳來就對了啦！」

「不能改今天嗎？」我又問，週末特地外出和男同事吃飯，怎麼想都有點怪異。

「妳這麼猴急要跟我約會呀。」

孫楊故意扭曲我話中的意思也不是第一次了，我朝他翻了個白眼。

他低聲竊笑，「還是明天吧，餐廳我都訂好了。對了，如果可以，明天下午妳別排其他行程喔。」

「爲什麼？」

「我還想帶妳去個地方，如果可以，請把一整個下午和晚上都空出來給我，我們約下午兩點沒問題吧。」

他這可不是在徵詢我的意願，語氣根本不容許人拒絕。

我皺起眉頭，有些不高興，「爲什麼我要配合你？」

「就算是我求妳啦。」他又擺出一副可憐兮兮的神情。

「賴名慧也許吃你這套，但我可不吃。」我語氣平板地說，不過沒再拒絕，反正我明天下午沒事，加上也確實好奇他葫蘆裡到底在賣什麼藥。

「又提到名慧做什麼呀，妳這樣一直提，感覺很此地無銀三百兩喔。」

孫楊說完，又露出那種討厭的微笑，我氣不過，便伸手推他，不料他不動如山，我卻重心不穩地踉蹌了幾步。

「小心！」孫楊驚呼一聲，伸手攬住我的腰並把我拉向他的懷中。

我聽見從他胸口傳來的心跳聲，以及從身邊呼嘯而過的車輛引擎聲。

「妳在幹什麼呀，走路小心啊。」

他帶點無奈的笑聲在我頭頂上響起，我嚇得趕緊推開他。

「你才在幹麼！有必要把我整個人抱住不放嗎？」怎麼回事，爲什麼我覺得這麼彆扭？

「反應這麼大……唉唷，妳臉紅了耶。」孫楊再次壞笑起來。

「無聊！」我吼了他一聲，快步往辦公室走。

一路上孫楊臉上一直掛著那噁心得要死的笑容，目光緊盯著我。

「你再這樣，我明天就不去了。」我在電梯中瞪了他一眼，同時透過鏡子發現自己雙頰酡紅。

「別別別、別拒絕啊！」孫楊趕緊求饒。

見他雙手合十抵在鼻子前面，讓我莫名覺得有點可愛，還有他剛才飛快拉著我閃開馬路上疾行的車輛，也莫名有點帥氣……

我咳了兩聲，本來還想多逗逗他，電梯門碰巧打開，畢姊和啓祥哥就站在門口。

「哎呀，你們買下午茶回來了啊！」啓祥哥笑嘻嘻地說。

「是啊，也有你們的份。」孫楊輕輕搖晃他手中的袋子。

「那正好，心岑，跟我來會議室一下。」說完，畢姊轉身往小會議室走去。

啓祥哥則拉開孫楊手裡的提袋，挑選自己想喝的飲料。

「啊，明天別忘了啊。」孫楊又提醒我一次。

我扭頭瞪他一眼，快步走進小會議室，啓祥哥拿著一杯水果茶隨後跟進，並順手把門關上。

「心岑，妳申請的三筆保單都過了，妳很優秀，年紀輕輕已經能獨當一面。」畢姊先出聲。

我看向啓祥哥，他臉上有著不明所以的淺笑，我有預感，畢姊想說的不會只有這些，這只是開場。

「啓祥哥前幾天喊住我，說有話想跟我說，是關於綠茵校友會的事嗎？」於是我開門見山問。

啓祥哥與畢姊交換過一個眼神，畢姊露出微笑。

「衛青說妳那天和以前的朋友發生了衝突？」

與我猜測的一樣，果然是紀衛青告訴他們的。

我輕扯了下嘴角，「不算衝突，只是言語不合罷了。不過這應該算是我的私事，畢姊爲什麼會想問這個？」

「好吧，也不瞞妳，事實上，羅子晴是我們公司競爭對手的接班人之一，她知道妳在這裡上班……」

「該不會要fire我吧？」

因爲得罪了豪門公主，所以向我任職的公司施壓，難道這麼芭樂的情節眞有可能發生在現實生活中嗎？

「當然不是，她只是透過我父母的關係找上我，希望能和妳見面。」畢姊邊說邊朝啓祥哥使眼色。

啓祥哥拿出一張名片遞給我，「這是羅子晴的聯絡方式，決定權在妳。」

那張名片上印著羅子晴的名字，頭銜是處經理，出色的家世背景在某些時候的確有很大的影響力。

「我知道了。」我收起名片。

羅子晴那天激動地打了我一巴掌，現在她還有什麼話想跟我說？

雖然我有將這件事放在心上，卻遲遲沒有要與羅子晴聯絡的意思，我還在思索這件事該怎麼處理，關於褚心岑的過去，我要涉足到什麼程度？

隔天一大早，孫楊打電話來提醒我不能爽約，又說了一遍碰面的時間與地點。

我本來就沒打算爽約，加上昨天他才拉了我一把，讓我免於車禍，基於道義，怎麼樣也該去一趟。於是我換上長褲與襯衫，看了鏡中那張熟悉又陌生的臉半晌，便出門赴約。

我們約好在捷運站出口碰面，而孫楊上次帶我去吃的那間麵店就在不遠處。

明明是孫楊提出的邀約，我卻到得比他早，逕自站在地圖告示牌前看了起來，藉此打發時間。

「褚心岑！」孫楊的聲音從後方響起。

我回頭一看，他匆匆忙忙地通過閘口，從口袋抽出悠遊卡時還一度掉在地上，慌慌張張的模樣令我不禁失笑。

「你在幹麼啦？」我打趣他。

他卻望著我的臉愣了愣。

「怎麼了嗎？」我摸了摸頰邊，難道臉上沾到什麼髒東西？

「沒、沒什麼。」他聳聳肩，移開目光，似乎還深吸了一口氣。

「你怪怪的。」我肯定地說。

「哪有。」他否認，可是他分明就是不看我。

「算了。你說要去哪裡？」

「喔，這附近妳熟嗎？」聽到我轉移話題，他的態度總算恢復正常，不再躲避我的視線。

「不熟。」我老實說。不過這裡離褚心岑的老家，僅四站捷運站的距離。

孫楊似乎在思索什麼，一時沒有接話。

我環顧四周，放眼所及皆是很一般的住商混和區，沒有什麼特殊的景點，爲什麼孫楊會約這裡？

「這附近有一所高中。」孫楊忽然開口，「嚴格說起來，是我曾經就讀的高中。」

「喔?」我看了下地圖，果然看見有一所「河東高中」。

「要去看看嗎?」他像是隨口問問，卻又語帶希冀。

奇怪，是他約我來這裡的耶，他不是早就想好要帶我去哪裡了嗎?現在徵求我的意見是什麼情況?況且附近也沒有什麼景點，他本來就打定主意要帶我去河東高中吧。

「不要。」於是我故意這麼說。

像是沒有料到我會拒絕似地，孫楊略微睜大眼睛，我正想開口嘲笑他，他卻忽然握住我的肩膀，用異常認眞的眼神看著我。

「怎麼了?」這樣的他，讓我不由得有些緊張。

孫楊張口欲言，猶豫再三後，卻是搖搖頭，說了句沒事。

「孫楊，你今天眞的怪怪的。」

語畢，我猛然想起那個女人，顧湘庭。孫楊說過，她是他的高中同學，而顧湘庭上班的銀行就在附近，所以這才是他今天過來這邊的目的?爲了能和她巧遇?還是爲了懷念過去?但那又何必帶著我呢?

「好吧，孫楊，我們去吧。」儘管不明白他的用意，但我仍淡淡地應允。

「不了。」結果這次換他拒絕。

「走啦，我想去學校走一走。」說起來，我對學校很陌生，我不曾在學校上過課，或者應該說，我根本沒有關於校園生活的記憶。

那些對於校園生活的理解，我都是透過漫畫、小說、電視劇想像得來，既然有機會實際去一所高中走走，那應該滿有意思的。

我笑嘻嘻地輕推了下孫楊的肩膀，「重返校園，不錯吧？」

他扯扯嘴角，終於邁開步伐。

孫楊熟練地帶領我穿梭幾條蜿蜒的小巷，不時回頭看我，彷彿在確認我有沒有跟上。最後他在一家老舊的理髮院前右轉，走上一條大馬路，馬路對面就是河東高中。

行進途中，我已經上網google過河東高中的背景資料，這所歷史悠久的學校，雖然不如綠茵出名，但如果說綠茵是銅臭堆出來的權貴高中，那麼河東則是以文學氣息濃厚聞名，曾經培養出許多知名的文人。

「還眞想不到你畢業於這樣一所學校啊。」我忍不住喟嘆。河東高中的校舍老舊古樸，卻維持得很好，斑駁的紅磚牆上有籐蔓攀爬，紅綠相映很是美麗。

「我也是很有文學氣息的啊。」他聳聳肩，視線落向前方。

擁有學生時期的記憶是什麼感覺？

大家都說，人生最無憂無慮、最爲單純的時光，就是學生時代了，而褚心岑卻選擇在高中畢業兩年後，結束自己的生命。

她在高中那幾年發生過什麼事？

而孫楊在高中時期又有過什麼樣的經歷？他是否曾在高中三年期間得到過任何寶貴的東西，足以支撐他走過接下來的人生？

關於這一切，過去只有一片空白的我，實在難以想像。

「奇怪，爲什麼裡面這麼熱鬧？」方才大馬路上車水馬龍，待紅燈亮起，車輛停下，才聽見學校裡傳來喧騰的人聲。

定睛看去，校門口架著一座由各色氣球組成的拱門，上頭寫著「園遊會」的字樣。

「糟了，今天是園遊會！」孫楊大喊，連忙拉起我的手就要調頭離去，「走吧，我們下次再來。」

我不懂園遊會有哪裡糟了。

「爲什麼？有園遊會不是很熱鬧？」有機會可以讓我體驗一下這種校園活動，我求之不得。

「但是……」他非常猶豫。

我甩開他的手，逕自穿過馬路。

「褚心岑！」他喊。

孫楊亦步亦趨地跟著我，很快地，我們已然來到校門口。

一群穿著綠色菱格紋裙的女高中生，站在校門口前發放傳單，而幾個身穿同樣花色長褲的男高中生則推著載滿食物的推車，嘻嘻哈哈地往裡頭走去，校園裡觸目所及遍是穿著便服的遊客，人人面帶笑容。

一個女高中生笑著將傳單遞給我：「歡迎來到河東高中園遊會，我們的園遊會非常棒喔。」

「請盡情享受河東溫暖的人情味吧，不像綠茵都在炫耀金錢與名人！」另一個女孩打趣地說，被發傳單給我的女孩瞪了一眼。

「老師要我們不能亂講話，要是被綠茵的人聽到怎麼辦？」

「河東跟綠茵不和又不是一天兩天的事。」那女孩回嘴。

此時孫楊拉著我往裡走，便再也聽不見那兩個女高中生的對話。

「河東跟綠茵不和？」我問孫楊。

「任何學校都跟綠茵不和吧，搶走所有的資源，占地爲王，以培育財團接班人爲目標。」孫楊輕蔑一笑，「偏偏河東什麼都好，就是沒有龐大的金錢援助，所以長久下來……反正，社會不就是這樣？」

「我是綠茵畢業的，」雖然我完全沒有記憶，「而你是河東畢業的，你覺得我們有差別嗎？」

孫楊沒有接話，抬手指向前方的操場。

操場上搭建起許多開放式帳篷的攤位，學生熱情地叫賣各式食物，像是炒麵、飯糰、茶葉蛋、蛋糕、飲料等，應有盡有。有些攤位則主打遊戲，像是丟奶油派、射飛鏢、丟水球等，就像是學校版的夜市一樣，只是比較陽春一點。

我興奮地拉著孫楊，準備光顧一家飲料攤，孫楊卻反拉住我，神情猶豫。

「幹麼？」我不解地問。

「我們晚上還要吃飯耶。」

「還那麼久，我晚上吃得下啦。」

「但是……如果食物不乾淨，拉肚子了呢？」他滿臉擔憂。

我微微皺眉，「孫楊，你是擔心學生準備的食物不乾淨嗎？因爲他們是學生，所以你就認定他們不注重衛生？」

他沒說話，擺明了默認。

「虧你還是河東畢業的，居然不信任學弟妹。」

「正因爲我是河東畢業的，所以我知道內情！我們以前都會在食物裡亂加東西，反正好玩啊！而且賣價便宜，也不會有人對學生準備的東西有多大期待，所以……」孫楊瞇眼打量那鍋顏色紅得詭異的飲料，裡頭加了許多冰塊。

「而且我們以前製作冰塊的時候，用的都是水龍頭的自來水。」他低聲附在我耳邊說。

被他這樣一講，讓我頓時打消購買那鍋詭異紅色液體的念頭。

「別聽他的，那是他們班特別調皮而已。」一個女人的聲音忽然插進來，孫楊幾乎是反射性地立正站好。

「李教官好！」他一個大喊，讓我和那個女人都是一愣，接著大笑起來。

「你這是在做什麼？我給你的陰影這麼深嗎？」李教官的笑容和藹可親，身上未著教官服，實在很難相信這樣一個嬌小的女人會讓孫楊如此敬畏。

「李教官，妳對我來說就像是軍隊裡的班長啊，我當兵的時候總覺得那些班長都是妳的化身。」孫楊有些窘，紅著臉覷了我一眼，但當他目光轉到李教官身上時，卻猛地瞪大眼睛。

「等、等等！李教官！妳怎麼……！」他驚駭地指著李教官隆起的大肚子。

是的，李教官身上穿著的是孕婦裝。

「我結婚了，也懷孕了，很明顯啊。」李教官滿臉幸福地秀出右手無名指上的戒指。

「怎麼會……我一直以爲李教官妳會孤家寡人一輩子……好痛！」孫楊慘叫一聲，他活該被李教官打。

「你這小子嘴巴還是這麼賤，」李教官瞄向我，「這是你的女朋友嗎？」

「不是，我是他的同事。」我連忙澄清。

「妳讓我有面子一下會怎樣呀。」孫楊癟著嘴。

「我還以爲你這小子帶了女朋友來，正爲你終於走出來而欣慰呢。」李教官皺眉，翻找衣服的口袋卻未果，「我忘了把手機帶在身上。你有名片嗎？方便教官之後跟你聯絡。」

「我沒帶名片，今天是週末呀。」孫楊毫不猶豫地說。

我驀地一愣，公司的員工守則有一條規定，要隨時攜帶名片，無論何時何地、休假與否，因爲隨時都可能派上用場。

多年的職業習慣，我不認爲孫楊會忘記帶名片，但此刻孫楊的拒絕一定有其用意，所以我也沒戳破。

「李教官，你說他走出來……難道是走出情傷嗎？」我故意抓住剛才李教官那句話來打趣孫楊，也算是轉移話題。

「哎呀，我是在他高二那年才調任到河東的，聽說當時有個他很喜歡的女孩轉學了，所以他時常唉聲嘆氣。」李教官嘿嘿笑了兩聲。

「都那麼久以前的事了，教官。」孫楊一臉無奈。

「是呀，看見你現在這樣容光煥發，教官好高興呢。那你抄下我的電話吧，我們保持聯繫。」

孫楊拿出手機，記下李教官的電話後便與她道別。

之後我們逛了兩圈，在孫楊不斷勸阻之下，我還是買了顆飯糰和烏梅汁嘗鮮。

嗯……

「如何？」見到我臉色怪異，孫楊挑眉問。

「很複雜。」烏梅汁太稀，飯糰裡面包的油條都軟了。

他露出一副了然的神情，像是在說：妳看吧，早就跟妳說了。但我還是覺得很開心。

我忽然想著，不知道綠茵的園遊會是什麼樣子？當時我是否也參與其中？是否也會烹調並販售淡而無味的飲料與差強人意的食物？還是綠茵校方有錢到會請專人來提供外燴服務？

我笑了起來，將這些屬於學生時代特有的味道全吃下肚，頓時覺得有些想哭，既埋怨又感謝真正的褚心岑。

要不是她死了，我會記得高中生活是什麼樣子，但正是因爲她死了，所以我才能站在這裡。

冷不防一陣暈眩感襲來，我差點鬆開手上的飲料，孫楊眼明手快地扶住我，但我眼前一片模糊，連周遭的聲音都離我好遠。

「褚心岑！妳還好嗎？褚心岑？」我彷彿聽見孫楊的聲音。

我勉力定睛看去，我以爲看見的會是孫楊，不料卻是另一個人，臉龐稚嫩，濃眉大眼，眼裡流露出不悅。

他雙唇一張一闔，像是在說話，我卻聽不見他的聲音，眨眼間，那張臉倏地消失，取而代之的是孫楊神色焦急的臉。

「褚心岑，妳怎麼了？不舒服嗎？」

我趕緊環顧四周，人來人往，我仍在河東高中的園遊會裡，我微微牽動嘴角，對他說了句沒事，此時我才發現孫楊的手始終摟著我，我連忙與他拉開距離。

「妳眞的沒事嗎？」他的擔憂表露無遺。

「剛才只是忽然有點頭暈。」我搖頭，沒有告訴他剛剛所見的幻象。

「是嗎？如果不舒服就直接跟我說，餐廳可以取消預約。」

「眞的沒事，要是不去的話，或許下次就沒機會了。」我笑了笑。

孫楊止色問：「這什麼意思？」

「我只是開……」

孫楊卻窮追不捨，抓住我的手臂，語氣認眞，「妳是要辭職嗎？還是要去哪裡呢？」

「你幹麼？我只是開玩笑。」他的反應讓我很意外。

孫楊鬆開我，摸摸鼻子，有點不自在地道：「不是，我以爲妳要離開這裡。」

「我很喜歡這份工作，不會輕易離開。」我老實答道，卻也有些疑惑他爲何會如此激動。

「那妳剛才說的是什麼意思？」

「我只是要說，要是錯過這次，你下次說不定就不會請客了。」

孫楊似是鬆了一口氣，微笑道：「要請妳幾次飯可以啊。」

「我會這麼占你便宜嗎？」我推了他一下。

「這也不算占便宜。」他再次揉揉鼻子，這似乎是他的習慣。「時間差不多了，我們出發吧。」

「嗯。」我點點頭，跟在孫楊背後，看著他的後腦勺，不知爲何，我感到很安心。

孫楊這次請客還眞的很有心，他帶我來到101頂樓的餐廳，一邊欣賞玻璃窗外的璀璨夜景，一邊享用要價不菲的高級餐點。

褚心岑，應該是談過戀愛的吧，和那個言奇栩。

而我不曾，所以我不知道朋友與戀人之間的分際該如何拿捏，什麼樣的狀況屬於正常的朋友相處，什麼樣的狀況則否。

單獨與孫楊來到這樣的餐廳用餐，讓我感到有幾分彆扭，但孫楊的態度跟平時沒有兩樣，所以我告訴自己別想太多。

「妳看那邊。」他指向天邊的月亮。

今晚月明星稀，萬里無雲。雖然不見滿天星斗，底下星星點點的人間煙火卻是另一道風景。

「今天天氣很好，所以月色格外分明。」我喝了一口濃湯，「你帶初戀女友來過這裡嗎？」

「怎麼可能！學生時代哪可能消費得起這樣的餐廳？」孫楊想也不想便反駁，「但現在就不一樣了。」

「你之前說過，你初戀女友消失了，那後來有聯絡上嗎？」我手指微微握緊湯匙，竟有些在意。

孫楊安靜了半晌，緩緩答道：「有，我們聯絡上了。」

想必他的初戀女友就是顧湘庭了。

「你對她依然未能忘情嗎？李教官今天說的那個女孩就是她吧？」

孫楊聳肩不答。

「告訴我啊。」我不死心地追問。

「妳好奇？」

「好奇。」

「她……反正，就是那個樣子……聯絡上了，但似乎……總之，很多事情不能說出口，也無法問對方。」

「爲什麼？只要拿出勇氣就行了呀。」

「這……」他抓抓頭髮，「很難解釋。」

「難道她現在有男朋友了？」

「差不多吧，應該說，雖然不是那樣，不過情況其實更複雜。」

「更複雜……那就是對方不但結婚，而且連小孩都有了？」我繼續進行推斷。

聞言，孫楊的眼神變得更晦暗難辨。

難道眞的被我猜中了？頓時我不知道該說些什麼，想安慰他，但那些安慰的話此刻都顯得蒼白無力。

「褚心岑。」他定定注視著我，嗓音低沉輕柔。

我抬頭望向他，眼中所見到的人卻不是孫楊。

他穿著制服，背景似乎是學校的走廊，與我稍早在河東高中所目睹的幻象一樣。

他的雙唇依舊一開一闔，我聽不見他在說些什麼，只能看出他眉宇間帶著不悅，不，應該說是憤怒，接著他朝我走來，然後……

「褚心岑，妳又在發呆嗎？」孫楊的聲音在我耳邊清晰響起，而我桌前擺了一份服務生不知何時送上的主餐。

「啊，我剛才……」

「難道妳睜著眼睛睡著了嗎？」孫楊打趣道。

「不，我有點恍神。」我乾笑了兩聲，「抱歉，我可能有點累。」

孫楊目光緊盯著我，「妳不舒服嗎？」

「我身體好得很，幹麼一直覺得我不舒服。」我啞然失笑。

「就……關心一下。」孫楊再次將視線轉向窗外，「妳知道『今晚月色眞美』的意思嗎？」

「不就是月色很美嗎？」這是什麼問題啊？有什麼好問的。

「是啊，就是這樣。」

不知道爲什麼，我總覺得孫楊的微笑裡，多了絲悽楚與落寞。

回去的路上，我與他在捷運月台道別，各自搭上反向的列車。

步入車廂後，我心中下了一個決定。

掏出手機，登入褚心岑的臉書帳號，看著褚心岑臉書塗鴉牆最後發表的那一張照片，今天短暫兩次出現在我眼前的男孩，是言奇栩。

高中時代的言奇栩。

他穿著綠茵高中的制服，背景似乎就是在綠茵校園裡。

過去六年我腦中從未出現過褚心岑的記憶，就連模糊的片段都沒有，直至今日。

爲什麼我會突然看見言奇栩？這代表了什麼？

難道褚心岑要醒過來了嗎？

當她醒過來後，我又會去哪裡？

我捏緊拳頭，不能再這樣下去了，必須快點割斷褚心岑的過去，讓褚心岑這個人徹底死去才行。

我找出羅子晴的名片，依照上面的電話傳了訊息給她。

「我是褚心岑，我們見面吧。」

第五章

羅子晴的訊息與她的人一樣充滿傲氣。

她直接回覆了碰面的地點與時間，連詢問我能否配合的意願都沒有，而我也不打算再回傳，只想盡快解決這件事。

當我抵達約定的地方時，羅子晴已然到達，她一身名牌套裝，正翹著腳使用手機，遠遠看來就像是個事業有成的女強人。

我來到她面前拉開椅子坐下，羅子晴那畫著誇張眼線的鳳眼斜覷過來，又將視線轉回手機。

服務生走過來，詢問我們要點些什麼，我並不打算久留，所以只向服務生點了杯咖啡。

「妳以前不喝咖啡的。」羅子晴開口。

「妳認識我是多久以前的事了，高中時候的我確實不喝咖啡。」我並不因對方察覺我與褚心岑習慣不同而驚慌失措，她們那麼久沒聯絡，褚心岑的某些習慣有所改變也在情理之內。

「妳說妳會過敏。」羅子晴依舊盯著手機看。

「那是我以前亂說的。」

羅子晴卻放下手機，逕自吩咐服務生：「幫她點一份跟我同樣的套餐。」

「妳憑什麼擅自幫我決定？」我冷聲說。

「難道妳不吃飯？」羅子晴瞇起眼睛，「褚心岑，我不想跟妳多說，在妳那麼殘忍地離開奇栩之後，我也不想假裝自己跟妳很要好了。」

服務生大概是怕遭池魚之殃，確認完點單後便一溜煙退開。

「如果妳只是想吵架，那今天約我過來做什麼？校友會那天吵得還不夠嗎？」我盯著不友善的羅子晴問。

「當然不夠。我那天太生氣了，所以沒注意到一些事。」羅子晴雙手環胸，終於迎上我的目光，「這才是妳眞實的個性嗎？冷血、殘酷、對一切都滿不在乎？」

我沒說話，換了個舒服的角度靠向椅背。

「褚心岑，我們班本來是一盤散沙，是妳來了之後才有所轉變，妳熱情的性格凝聚了全班的向心力，連到處惹事的奇栩也被妳吸引，進而與妳交往。」羅子晴深吸一口氣，「我雖然不喜歡妳，但我們的確度過了一段還算開心的時光，到底……後來發生了什麼事？我和雯珂就算了，爲何妳連奇栩也能輕易捨棄？」

「沒什麼，我只是膩了。」我不動聲色地說，暗自覺得羅子晴所言有些怪異。

選擇自殺的褚心岑，曾經凝聚全班的向心力？她曾做出如此熱血的事？

還有，什麼叫作她來了之後才有所轉變？

難道褚心岑不是一開始就在綠茵念書？

我忽然想起，褚月存曾經提起過，褚心岑是以交換學生的身分進入綠茵就讀。

「褚心岑，我今天不想跟妳吵架，但我也不願理解妳。」羅子晴把一張紙片丟到我面前，「這是奇栩的聯絡方式，算我求妳，和奇栩聯絡吧。」

我看著紙上那組電話號碼，想起那個眉宇間帶著憤怒的男孩，我內心深處湧起一股難以言喻的異樣感。

「他現在在做什麼？」

「妳自己問他！」羅子晴皺眉，始終留意著我的表情，「我覺得我好像不認識妳了。」

「也許妳從來沒認識過我。」我冷哼一聲。

「妳說得對，我們的確不需要一起吃飯。」羅子晴陡然起身，逕自離開，讓剛送上第一道菜的服務生愣在原地。

「沒關係，就上吧，我會吃的。」我說。

待服務生離開後，我看著紙片上那串數字，將那組號碼輸入手機通訊錄，想著也許哪天會聯絡他，也許不會有那一天，但反正備而不用。

恰巧此時手機收到一則服飾廠商傳來的廣告簡訊，於是我隨意點進訊息頁面，卻驀地瞪大眼睛。

原來，言奇栩早就已經跟我聯絡了。

「褚心岑，妳都沒有話要對我說嗎？」

那封陌生的簡訊，便是來自於他。

#

「這個禮拜五將會舉辦大家期待已久的電影包場欣賞會，要參加的人請向我報名。」賴名慧笑容滿面地宣布。

剛開完早會便聽見這個好消息，人人爲之振奮，紛紛上前報名。

孫楊倒是沒圍上前，回到座位上吃起早餐，等到其他人都登記完後，賴名慧還特意過去問他要不要參加。

「啊，參加呀，還有褚心岑也一起。」

聽到他擅自幫我報名，正在準備報表的我先是一愣，隨即表示：「我沒說要參加。」

「妳不參加嗎？是妳會喜歡的電影欸。」孫楊歪了歪頭。

「你又知道我喜歡什麼……是哪一部電影？」最後一句我問的是賴名慧。

她報出一部口碑不錯的動畫片。

這部片我還眞的挺有興趣……

我默然半晌，才低聲說了句：「嗯……參加。」

孫楊露出一副得意洋洋的神情，怪了，他怎麼知道我的喜好？

他似乎看出我的疑問，指向我放在辦公桌上的一列公仔：「妳桌上擺的這些公仔，跟這部電影是同一家動畫公司出品，所以我知道妳會感興趣的。」

說完，他對我露出一個燦爛的微笑。

嘖，明明他這種暗自觀察別人的舉動很像是個變態，但看在他那張臉還算帥氣的分上，姑且原諒他這一次。

「你好像很了解心岑。」賴名慧插嘴問道，其他同事也帶著看好戲的心態附和。

孫楊聳聳肩，「我和她同期，當然了解。」

這個回答既得體，又帶著一絲親暱，卻不顯曖昧。

如此高超的回應讓我不禁失笑，賴名慧也不好再追問下去，倒是有個同事笑罵他：

「業務嘴。」

待眾人一哄而散，我輕聲說：「你業績不該不好。」

「也許我只是讓著妳。」這得寸進尺的傢伙這麼回。

公司在位於鬧區的某間電影院包下場次，要大家自行前往。我下午出外拜訪客戶，在電影開演前十分鐘來到電影院樓下，這個時間點有些尷尬，不夠我先去哪裡逛逛，但也不想提早上去和同事交流，便站在一樓滑手機。

我點開言奇栩的簡訊，稍微思索了一下，覺得自己不能再拖拖拉拉下去，還是快點把事情解決掉比較好。

「我們都有話該對彼此說。」

於是我飛快打下這行字，深吸一口氣後按下發送。

「褚心岑，妳已經到了啊！」

「哇！」我被孫楊突如其來的招呼嚇了好大一跳，甚至驚叫出聲。

孫楊似笑非笑，故意揉揉耳朵，「妳也叫得太大聲了，我要聾了。」

「你幹麼嚇人！」我將手機放回口袋。

「我沒嚇人呀，又沒碰到妳，也沒故意貼在妳耳邊說話，妳竟然嚇成這樣也還滿奇怪的。」他瞥了下我的口袋，「除非妳剛剛在做什麼虧心事。」

「沒有，我只是在確認集合地點。」我隨口編了個理由。

「集合地點在二樓，不是這裡。」孫楊不全然相信我的話，但也沒再追問，抬手指向手扶梯。

我也順勢揭過這個話題，跟著他上到二樓。

「你們約好一起過來嗎？」當我們來到播映廳門口，第一個看見的就是正在清點人數的賴名慧，她有些訝異地問。

「我們一起上來。」孫楊特意含糊地答。

聞言，幾個男同事又開始你一言我一語地起鬨，而我也懶得澄清，只淡淡地說：「你們很無聊。」

不過我可沒忽略賴名慧臉色大變，都快笑不出來了。接過她手中的票券，時間也差不多了，我逕自準備入場。

「欸，褚心……」孫楊正想叫住我。

「對了，公司有提供爆米花和飲料的預算，大家有需要嗎？」賴名慧打斷孫楊的話。

我沒有停下腳步，緩步走進光線昏暗的影廳，見到已有幾位同事入座，我向他們意思意思點個頭，隨意找了個後排的位子坐下。

同事陸續進場，螢幕也開始播放廣告，我忽然覺得口乾舌燥，決定起身去加買飲料，卻見孫楊朝我走來。

「喏。」他把一杯飲料放進我的飲料架。

我狐疑地看著那杯飲料，「這是什麼？」

「很明顯，是可樂啊。」他理所當然地答道，又把手上的爆米花塞到我懷裡。

「幹麼？這也是你幫我買的？」我微微低下頭，聞到一股焦糖甜味，他怎麼知道我喜歡吃甜的爆米花？

「之前新訓結束，經理不是也請我們大家看電影？妳當時就有說過，看電影一定要搭配甜爆米花和可樂，不是嗎？」

我不由得一愣，我的確忘了自己曾經這麼說過，我也就和孫楊一同看過那一次電影，不過隨口一句話，沒料到他居然會記得。

「那就……謝了。」我訕訕地說。

「我可以坐在這邊吧？」賴名慧也走了過來。

「喔，坐呀。」孫楊環顧四周，大多數人都已經坐定了。

賴名慧淺淺一笑，多瞄了我一眼後才坐下。

我注意到前排有個八卦的男同事三番兩次轉頭看向我們，甚至舉起手機，像是在偷拍，並且不斷竊笑。過了一分鐘，我收到他傳過來的照片，還添上一句「三角戀」，我忍不住翻了個白眼，並回他一張草人插針的貼圖。

這是什麼情況？我何時莫名其妙地捲入了三角戀情的謠言之中？

我沒能細思這個問題太久，隨著電影正式播放，精彩的劇情與絢爛的畫面登時吸引了我全部的注意力。這是一部敘述「死亡」的電影，活人進入亡靈的世界，遇見死去的親人，他們不曾離去，死亡其實是相遇的開始。

我想起了褚心岑，我時常在夢裡看見她，我知道她還不算死亡，她不是我，卻又是我，如果這世上有靈魂，如果我是她的第二個人格，那我有自己的靈魂嗎？還是我依然和她共用一個靈魂？

等我殺死褚心岑以後，她的靈魂會去哪裡？而我的靈魂呢？我是否還會存在？

我不自覺流下眼淚，不是因爲電影，而是因爲我心中巨大的傷悲。

怎麼會是我遇到這種事？怎麼會有自殺未遂後產生另一個人格這種爛事發生？怎麼她死了，生出了我，她卻沒有死透，讓我永遠活在她的陰影之下？

我感覺到自己放在扶手上的手被人輕握了一下，來不及擦乾眼淚便抬頭與對方四目相交。

「妳在哭？」孫楊用嘴形問。

我趕緊掙脫他的手，從包包裡找出衛生紙拭淚。

干你屁事。

我在內心大喊，卻沒有把這句話說出口。

忽然間，我感覺到地板微微震動，心想這間電影院的音響效果還眞好，地板都與背景音樂產生共鳴了，不過震動的幅度似乎越來越大，難道我看的是4D……

不！這是……

「地震！」有人驚呼。

我嚇得立刻起身蹲下，這場天搖地動像是永遠不會停歇，我渾身顫抖，不知如何是好。

「褚心岑，妳居然會怕地震？」孫楊彎下身附在我耳邊笑著說。

當我抬眼看向他時，他頓時一愣，臉上笑意全失，立刻蹲在我面前，一手搭在我肩上，一手撫著我的後背。

「妳怕地震？妳現在怕地震了？不要怕，一下子就過了，我在這邊。」他的語氣透出疑惑，卻又隱含溫柔，在這個瞬間給了我絕佳的安全感。

也許是心中的驚慌太盛，我分辨不出地震到底停了沒，總覺得那可怕的晃動依然在持續，直到賴名慧大聲說「地震已經停了」，我才驚魂未定地慢慢平靜下來。

孫楊扶著我站起，同事曖昧的目光集中在我們身上，響亮的笑聲與起鬨聲讓我完全聽不清電影的聲音。

電影結束後，我到洗手間整理儀容，幸好地震發生時電影已近尾聲，不至於錯過精采鏡頭，但我還是爲自己的失態感到非常不好意思。

我在洗手間刻意待上許久，想避開同事，尤其是孫楊，剛才他靠我那麼近，幾乎算是將我半擁入懷中，在我終於平靜下來後，甚至頭頂都能感受到他噴出的氣息，令我不由得滿臉通紅，所以我現在可不想見到他，尤其我臉上的紅暈遲遲未褪去。

我在洗手間附設的化妝區坐下，對著鏡子補上口紅，並企圖用粉餅遮去雙頰的紅暈。爲了打發時間，我拿出手機，意外瞥見有新訊息。

「妳捨得聯絡我了？褚心芩，妳背叛了我，妳心安理得？」

言奇栩的訊息充滿怨懟，但我也能夠理解。

「那你要見面嗎？」

我回傳訊息後，幾乎不到一分鐘，言奇栩的訊息又來了。

「去那個我們約定的地方碰面。」

「我已經忘了『約定的地方』在哪裡，給我詳細的時間和地點，不然拉倒。」

都已經過了這麼多年，爲什麼言奇栩依然如此怒氣難消？我回完訊息後，言奇栩久久沒有回應。

我將手機放進包包，算算同事也差不多都離開了，便步出洗手間。很好，沒有看見任何同事，我至少在洗手間待了半個小時，該走的都已經走光了吧。

然而當我走到手扶梯時，瞥見孫楊居然還站在那裡，我嚇了一跳，趕緊用手擋住臉，正想快步離開，卻注意到他像是在和人說話。

出於好奇，我多看了一眼，發現孫楊交談的對象是賴名慧。猶豫片刻，我從另一頭繞過去，隱身在手扶梯旁邊的柱子後方，偷聽他們的交談。此舉並不光明磊落，沒辦法，我太好奇了。

「我知道了，你贏了。」我聽見賴名慧這麼說。

「贏了什麼？」孫楊的聲音充滿疑問。

「你不是就是要我注意你嗎？欲擒故縱的男人我見過很多，但你是用得最好的一個。」賴名慧語氣高傲，言詞尖銳。

「啊？我聽不懂。」

雖然我看不見孫楊的表情，不過，光從聲音聽來也知道他是在裝傻。

「你不就是故意用心岑來試探我嗎？所以我說你贏了！我注意到你了，可以了吧！」賴名慧似乎是真的生氣了。

我忍不住探頭偷瞄，孫楊微笑的側臉看起來並不嚴厲，卻令人感到畏懼。

「那個，名慧啊，也許妳很習慣男人對妳獻殷勤，但我要告訴妳，會對妳欲擒故縱的男人都不是眞心的。」孫楊搖頭，「我也並沒有要妳注意到我的意思。」

「什麼？你說這一切是我會錯意？」賴名慧滿臉通紅，垂在身側的雙手緊握成拳，「怎麼有你這種人！」

「我怎樣了？我敢摸著良心說，我從來沒有做過讓妳誤會的事。」孫楊說完，還眞的把右手按在胸前。

「你、你和我一起單獨吃午餐！」

「我也和其他業助一起單獨吃過飯啊。妳應該記得，大多數時候，我們是一群人一起出去吃的，而更多時候，我是和褚心岑一起吃。」

我一愣，有嗎？我和孫楊時常一起吃午餐嗎？

仔細回想，似乎還眞的是這樣……

不過那是有原因的，因爲我們同個部門，會議結束之後恰逢用餐時間，就會自然而然結伴出外用餐……

「但、但你曾經送我回家！」

「那是因爲那天下大雨，我剛好開車上班，然後妳說妳沒有帶傘。」孫楊不慌不忙地說，「那妳應該也記得，當時小梅也在車上，只是她家比較近，所以先下車了。」

「那、那那些傳聞又怎麼說？大家都說你對我有意思！」

孫楊皺眉，「也許在相信傳言之前，妳該先像這樣直接來問我。」

賴名慧臉色越來越難看，她才剛畢業沒多久，又是個愛面子的年輕女孩，被男人當面挑明了說她是自作多情，難免惱羞成怒。

「好，感謝你教會了我寶貴的一課，讓我知道社會上的男人都不能信任。」賴名慧冷笑了一聲，「希望褚心岑不要像我一樣，盡信傳聞，把你施捨的溫柔當作是追求！」

喂喂，小妹妹，我才沒有那麼想⋯⋯

「褚心岑不會誤會。」孫楊總算說了句人話，隨後卻又補上一句：「這不是誤會。」

不只是賴名慧，連我都瞪大了眼睛。

「所以，你和褚心岑的傳聞才是眞的？」賴名慧的聲音顫抖著。

孫楊沒有回應，只是神情略顯淡漠地望著她。

賴名慧目眶含淚，氣憤地搭上手扶梯離去。

這下子我更不能和孫楊碰面了，趕緊轉身想要走開，匆忙之下撞上後方疾行的路人，我的包包還被撞掉了，包裡的東西散落一地。

「對不起！」對方連忙大聲道歉。

我蹲在地上低垂著頭收拾，暗自祈禱孫楊不會注意到這番動靜。

事與願違，孫楊的鞋出現在我的視線之中，他彎腰撿起我的錢包，我的目光順著他的動作往上，看見他帶著淺笑的臉。

「怎麼那麼不小心？」

為什麼你要這樣對我笑？

在我真正殺死褚心岑之前，不能有其他事擾亂我的心。

孫楊朝我伸手，我猶豫了一下，扶著他的手站起來。

撞上我的路人再次向我道歉，孫楊對他說了聲沒關係，為我將東西一一放回包裡，然後將包包交給我。

「妳還想逛逛嗎？還是就要回去了？」

他徵詢我的意見，也沒問我剛才是不是有聽到他與賴名慧的對話。

「我……」我低頭看著鞋尖，不知道該如何回答。

「也許……」孫楊咳了一聲，試探性地再次朝我伸手，輕輕晃了晃。

我不明白他是什麼意思，他的目光也令我沒來由地感到不自在，便再次垂下眼。

孫楊見狀，嘆了口氣，把手縮回去，彎下腰把臉湊到我面前：「妳幹麼一直低著頭，地上有錢嗎？」然後目光作勢在一旁的地上搜尋。

「不要鬧了。」我伸手打了他一記，笑了出來。

「我們去走走吧。」孫楊聳聳肩，轉身往另一個方向去，我只得跟上。

走過連接電影院與百貨公司之間的空橋時，我們在欄杆邊停下，下方中庭街頭藝人正邊彈吉他邊唱情歌，孫楊似是聽得入迷，而我也趁機緩和波動的情緒。

當街頭藝人結束演唱，圍觀群眾掌聲響起，我回過神來，也跟著拍手。

「褚心岑，妳看這個。」孫楊喚我，隨即開始用力拍手，只是他拍手的方式很不一般，刻意將兩隻手打橫著上下拍手，臉上帶著調皮的神情，「妳知道這是什麼意思嗎？」

「不就是拍手？」只是跟一般人拍手的方式不一樣而已。

「不是，是這樣！」他無奈地重複同樣的動作。

「嗯……表示你覺得他唱得很好？」

他搖頭，一副恨鐵不成鋼的樣子，好像我領會不出他的意思有多笨似的。

「妳仔細看我的動作，如果一隻手掌心向上攤開，」他放慢動作，攤開左掌朝上，接著把右手搭上去，「另一隻手就該這樣自然而然地搭上來才對啊！」

「這種互動不是人和寵物狗之間才會有的嗎？」我皺眉，就算今年是狗年，他也不用模仿狗呀。

「不是啦！褚心岑，妳是眞笨還是裝傻啊！」孫楊懊惱地抱頭，「算了，走吧走吧。」

眞不知道他在氣什麼。

沿著空橋往捷運站的方向走去，孫楊像是小孩子在賭氣似地不跟我說話，我也無所謂，和他並肩而行，直到我瞧見走在前方的一對情侶，男方將手伸出，手心向上，而女方則自動把自己的手搭上去。

我心中一驚，孫楊剛才是這個意思嗎？暗示我牽他的手？

不對呀，他要我牽手做什麼？我們又不是情侶。

這樣的猜測讓我有些驚慌，不自覺抬眼瞄了他，而孫楊滿意地勾起唇角，指著前方那對情侶對我說：「看到了嗎？正解！」

「你、你是性騷擾嗎？我們牽什麼手啊。」我因不知所措而口無遮攔。

「我又沒要硬牽，只是問問妳的意願而已。」孫楊倒是很會裝無辜。

我在內心嘖了聲，褚心岑過去的事還沒處理好，我不想孫楊的事又來橫插一腳，擾亂我的心思，於是我決定把話講明白，至少，這樣能夠讓我的心緒稍稍平穩下來。

「所以你現在是怎樣？話講清楚喔。」

「我沒有要怎樣，也不想把話清楚。」

沒想到孫楊行事積極，言語上卻如此迴避。

我伸手想要拉他，他卻罕見地躲開，低聲說：「我沒想到妳會直接問我。」

「不然呢？」我瞇起眼睛，「別想用那種含糊不清的態度對待我，你要玩就去找小妹妹，我，你玩不起。」

這番話讓孫楊瞪大了眼睛，接著發出一陣驚天動地的爆笑聲，反倒換我傻住了，站在人來人往的空橋上，頓覺有些尷尬。

「你有病呀？」我沒好氣地說。

「褚心岑，妳自己想想妳剛才講的話，什麼叫作『我，你玩不起』？聽起來好情色喔。」

被他這麼一說，我臉上一熱，「你、你不要亂講，我不是那個意思。」

「我知道，我又沒有別的意思。」孫楊擦去眼角的淚水。

這傢伙也太誇張了吧，竟然笑到流淚？

「我沒有心思跟人搞曖昧，你如果只是想打發時間，就去找其他人吧。」我雙手環胸，轉身邁步向前。

「妳的意思是說，只要不是打發時間就行了嗎？」

聞言，我腳步一頓，他繞到我面前站定，眸光透著一股說不出的認眞，「只要我不是只想跟妳搞曖昧，這樣就行了吧？」

「你、你這什麼意思？」我心口一緊，聲音乾澀無比。

「我知道自己在做什麼……妳也該知道妳沒會錯意……」他緩緩地說，再次朝我伸出手，掌心朝上。

「我可不是狗……」

他失笑，「我知道，妳屬猴呀。」

「你不也是？」

「猴子是靈長類，應該也會牽手吧？」他搖晃著自己伸在半空中的手，並盯著我的手。

「猴子會，我在電視節目裡看過。」我緩緩伸手，卻不是搭上他的手，而是重重打了他的肩頭一記，「但猴子也會打人，我知道。」

「欸，好痛，妳眞的很用力打欸！」他揉著肩膀，神情哀怨。

「難道還輕輕打嗎？」我白了他一眼。

我不是不經世事的小妹妹，就算心猿意馬，也不會輕易動搖。

在我解決一切的問題之前，我不能隨便動心。

要是我眞與孫楊相戀，而褚心岑突然回來了，輪到我消失不見，那孫楊不是很可憐嗎？

想到這裡，我找出手機，想確認言奇栩回覆了沒。

他回覆了，言簡意賅的訊息裡只有八個字。

「綠茵草原，校慶那天。」

我連忙上網查詢綠茵高中的校慶日期，恰巧就在下週六，此時孫楊探頭過來看我的手機螢幕。

「妳要去綠茵校慶？」

「嗯，母校校慶，回去走走也不爲過吧。」我把手機收回包裡，「爲什麼你每次看我的手機都看得這麼自然，這樣很沒禮貌，知道嗎？」

孫楊沒有回嘴，像是陷入了沉思。

「你幹麼？」

「妳一個人去嗎？」

「是啊。」我輕扯嘴角，「沒有打算約你。」

「我知道，綠茵那樣的地方，我們這種人是進不去的。」孫楊話裡帶著濃濃的酸味。

我正打算把話頂回去的時候，卻瞥見他眼中流露出一股寂寞。

也不知道怎麼地，我靈光一閃，「難道你初戀情人轉學去了綠茵？」

「妳怎麼知道？」孫楊睜大眼睛，倒抽一口氣。

「李教官說過，你忘不了那個轉學的初戀情人……」那個人就是顧湘庭吧，於是我改變心意，問道：「那你要一起去綠茵的校慶嗎？」

「不用了。」他馬上拒絕。

望著他神情變得凝重的臉，也許在解決我的過去以前，孫楊更該斬斷他對初戀情人的眷戀，才能開始新的戀情吧。

我忽然心念一動，孫楊與我同年，大膽假設顧湘庭也與我同年，那是不是同樣在綠茵高中就讀的褚心岑，也認識顧湘庭呢？

「我要回家一趟。」我猛地開口。

孫楊停下腳步，狐疑地看著我：「現在？」

「對，現在。」我抓著包包的肩帶，「很急，我搭計程車回去，下禮拜公司見，拜拜。」

然後也不管孫楊還想說些什麼，我立刻從他身邊跑開，從空橋上來到馬路邊攔計程車。

二十分鐘後，我來到褚心岑的家，將鑰匙插入門孔時，發現門是鎖上的，暗暗慶幸褚月存不在家，便扭開門把。

沒想到自己會再次回到這裡，我迅速進入褚心岑的房間，這裡的擺設一點也沒變，甚至連床單的花色都沒有換過，想想褚月存也很可憐，一直守著既活著卻又像是死了的女兒。

不過我可沒時間感傷，在床邊蹲下，朝床底看去，伸長了手把過去自己塞進去的紙箱拉出來，還被揚起的灰塵嗆得咳嗽連連。

我打開紙箱，裡頭放著褚心岑的畢業紀念冊、日記與一疊相簿。雖然很重，但我要全部帶走。

提著一大包東西坐上計程車後，等不及回到租屋處，我就忍不住打開一本暗紅色封皮的日記，褚心岑的字跡映入眼簾。

她的字跡秀氣工整，與我的龍飛鳳舞截然不同。

曾經我一點也不想理解褚心岑的內心，更不在乎她的過去，遑論她自殺的原因。

然而現在，我有了其他想法。

即便褚心岑已經死了六年，我依然無法逃離她的陰影，所以我必須了解她的過去，包含她最後為何會選擇自我了斷。

我要找出她與言奇栩的過去、找出她走上絕路的原因，還有……

找出顧湘庭，也許一切的答案，都在褚心岑的日記裡。

第六章

十五歲的七月二十七日　太陽，但內心憂鬱

我一直很想考上綠茵高中。

這是我一直以來的願望，從我國小第一次在電視上看見關於綠茵高中的報導，就決定以後一定要進入那所學校。

無奈的是，大考那天我失常了，又或者是我已經拚盡全力，卻還是考不上綠茵。

如果家世背景不夠好，卻仍想要進到綠茵就讀，就必須天資過人，很可惜的是，即便我自認爲聰明，但人外有人、天外有天。

所以我失敗了。

十五歲的八月二十五日　大太陽，但內心大憂鬱

隨著開學的日子逼近，我依然覺得很傷心。

十五歲的八月二十六日　大大太陽，但內心大大憂鬱

我覺得無法面對現實。

我想去的是綠茵高中。

十五歲的八月三十一日　與我心情一樣的雨天

上天都在為我哭泣了。

我想穿上的是紅色的百褶裙，不是綠色的。

十五歲的十月十五日　晴天

即便待在這裡，我內心還是想著綠茵。

所謂身在曹營心在漢，就是這種感覺吧。

同個國中的朋友考上了綠茵，我每天都看著她的臉書貼文，她好像過得很開心，為什麼我不在那邊呢？

期中考快到了，班上的同學都有點笨，如果我考了第一名，會不會惹人討厭？

每一科都滿分的那種第一名。

十五歲的十一月十九日　晴天

結果我真的每一科都考了滿分，得到高一全校第一名，我在學校頓時變得人盡皆知。

老師今天單獨叫我過去導師辦公室，對我天南地北說了老半天，卻聽不出老師想表達的重點，不知道她要幹什麼。

不過我瞥見她桌上放著一張公文，雖然只略微瞄到，但我確定上頭印著「綠茵高中」這四個字。

這和我會有關係嗎？

十五歲的十一月二十六日　大晴天

我的手在發抖，心臟跳得好快。

到現在還是不敢相信這個消息竟是眞的，更不敢相信我是候選人之一。

好，鎭定，深呼吸。

老天爺並沒有遺棄我，機會果然是留給準備好的人。

綠茵高中這所貴族學校居然會推行這種計畫，根據老師所說，綠茵高中將開放五十個名額，讓全台所有高中的學生申請成爲「交換學生」。

不過這裡指的交換學生，跟一般熟知的交換制度比較不一樣，只開放其他學校的學生來到綠茵，綠茵高中的學生並不會去往其他學校。

而現在，全台灣的高中生要去搶奪那五十個交換學生名額。

好，總之，我們高中推選了十個人給綠茵，我是其中之一。

好在我沒有放棄，好在我依然保持良好的成績。

拜託拜託，請讓我進去綠茵高中，我在那邊才能得到自己想要的！

我一定要待在綠茵高中才行。

十五歲的十一月二十九日　氣憤的一天

某個白痴說我是個好高鶩遠，只看表面的膚淺女生。

他說我想去綠茵，就是爲了釣金龜婿。

那個白痴大概是電視看太多了，綠茵有多少資源是一般的高中永遠不會擁有的啊。

我一定要申請上交換學生，然後順勢轉學過去，反正打從一開始，我想念的學校就只有綠茵。

十五歲的十二月三日　放煙火的一天

綠茵高中錄取我了。

十五歲的十二月四日　持續放煙火

我到現在還是很興奮，不敢相信這是眞的。

綠茵高中眞的選中了我！

接下來要做的事很多，我必須仔細閱讀綠茵高中給我的文件資料，看看還需要添購些什麼東西。

交換學生為期半年到一年，從高一下學期開始，升上高二的暑假還有一次選擇機會，決定是否要繼續在綠茵完成一整年的交換學生計畫。不用等到那時候，我現在就能肯定自己要一直待在綠茵。我很想知道在期滿之後，能否繼續待在綠茵直到畢業，很可惜，那些文件裡並沒有提到這一點。

去到綠茵後，我一定要好好表現，讓自己成為綠茵人。

喔，對了，綠茵居然免費提供制服，我知道綠茵是所貴族學校，校方本身就資產雄厚，只是沒料到有錢成這個樣子。

人生還眞是不公平，不過若自己能站在得利的一方，就不會覺得不公平了。

十五歲的十二月三十一日　下雨

今年的最後一天下雨了。

雖然只是毛毛雨，但又溼又冷，都沒有跨年氣氛了。

不過還是要說「新年快樂」。

十五歲的一月一日　陰天

雖然已經跨入新的一年，但我一樣停留在十五歲。

明年此時，我人就在綠茵了，不，等到今年寒假結束，我就在綠茵了。

我現在就開始期待了。

十五歲的一月四日　陰天

白痴就是白痴。

十五歲的一月二十四日　陰天

白痴到今天還是白痴。

十五歲的二月一日　晴天

終於可以跟白痴說再見。

十五歲的二月八日　晴天

今天是交換學生到綠茵高中參觀的日子，每個人都穿著便服，雖然大家臉上看起來都有些忐忑不安，但更多的是興奮。

我與其他四十九人站在綠茵高中的校門口，站在前頭的老師吩咐些什麼，我都充耳不聞，滿心只想著綠茵高中的校舍建築有多麼富麗堂皇。

綠茵高中的校園裡有一片廣大的草原，這樣的景致我以前只在美國影集裡看過。領隊的女老師說，稍微帶我們參觀一下就好，剩下的留給我們日後自行去探索。但她的「稍微」，卻足足讓我們走了快兩個小時！綠茵到底是有多大啊！

然後，我一直以爲我們五十個交換學生會被編在同一班，不料卻是將我們安插進到不同的班級。

我和另外兩個人被分到了一年五班，他們和我一樣，也都是各自學校裡的榜首。

「一年五班不錯喔。」老師對我們這麼說。

我不知道一年五班不錯在哪？但我興奮到走起路來都輕飄飄的。

P.S.下午校方派人幫我們量身，說要訂做制服。我又問了一次，制服眞的是免費的嗎？老師說對。

然後有個白痴又問，如果之後離開了，這幾套制服怎麼處理？老師說要交還回去。

我才不會還回去，我會穿著這套制服直到高中畢業。

十五歲的三月二十日　綠茵天天晴天

沒注意到時間居然過得這麼快。

在綠茵的每一天都好開心，只是我在以前的高中每次考試都能考滿分，來到綠茵居然只拿到七十幾分，最可怕的是，班上還是存在著考一百分的同學。

我以為那個人是因為成績優異才能考進綠茵，結果不是這樣，他也是個不折不扣的富二代，雖然家世背景好像有點複雜，但富二代就是富二代。

重點是他長得還很帥，人生果然很不公平啊！

他家裡有錢，成績又好，長相也好看，他的未來不用想都很完美。

十五歲的四月一日　綠茵天天晴天

愚人節。

今天班上都在討論關於園遊會的事，聽說三年五班的學長姊在高一時，創辦了一個很受歡迎的活動，叫什麼「心事室」的，這個活動已經連續三年都由他們舉辦了，只從一年五班挑了幾個學生過去協助。

心事室是什麼？我一點概念都沒有，這應該不是什麼愚人節笑話吧？

莊雯珂跟我說，關於心事室的協辦，他們上學期就都處理好了，所以園遊會那天我只要好好玩就行了。

然後她又說希望我明年可以跟他們一起準備園遊會，我老實告訴她，自己也打算轉學過來，魏撰之卻說我不自量力，但他考試成績明明比我差很多，不過他家倒是比我家有錢非常非常多。

魏撰之雖然嘴巴壞，但我上次看見他把爬到路面上的蝸牛抓起來放回花圃，就這一點來說，他人還算是很不錯吧。

還有，今天我的制服被羅子晴弄髒了，她說她不是故意的，卻一直在笑。莊雯珂叫我不要理她，倒是李脩能，他故意用水潑溼羅子晴的制服，羅子晴好生氣。

當我脫下制服清洗時，那個人走了過來。

他總是不說話，安靜地看著我，可是這樣的他卻是紀衛青學長的「朋友」，眞是個令人猜不透的複雜男生。

十五歲的四月八日　綠茵天天晴天

今天是園遊會，我終於見識到心事室是什麼了，三年五班的華佑惟學長好不可思議。

我自告奮勇地表示日後這項活動交由我承接，不過二年五班的丁妍羚學姊似乎很不爽，她要我們班自己構思新的活動，可是田沐棻學姊倒是說這樣很好，她好像比較想要在園遊會販售自家店裡的甜甜圈。

華佑惟學長說，如果明年園遊會的時候我還能留在綠茵，那就交由我負責。

綠茵的學長姊制度很嚴謹，華學長這麼一說，丁學姊也不再發表意見。

然後白痴今天有來，我假裝沒看見他。

今天還有件很特別的事，我不知道他是從哪裡聽來的，他居然對我說：「妳生日快到了吧？」

是快到了，但還有一段時間。

不過當時我有點呆住了，所以沒告訴他我生日是在哪天。

十五歲的四月十一日　綠茵天天晴天

他叫作言奇栩。

十五歲的四月十八日　綠茵天天晴天

他說，他名字的意思是指：說出的每一句話都帶著對於未來的期許。

只能說這樣的解讀是一種巧合吧，也要他剛好姓言才成立啊，如果姓吳，不就表示未來都沒有希望了？

十五歲的四月二十一日　綠茵天天晴天

言奇栩告訴我，有個方法可以留在綠茵，不過我的成績必須更好，至少要贏過他。

這大概是我第一次感受到挫敗吧，我怎麼可能贏得過他這個怪物。

十五歲的四月二十三日　綠茵天天晴天

羅子晴今天又對我生氣了，她好愛生氣。

十五歲的四月二十四日　綠茵天天晴天

羅子晴今天居然約我出去玩，該不會要下紅雨吧？

回家以後補充：羅子晴說的話好令我驚訝，卻又不意外，她還是有可愛的一面啊。

十五歲的四月二十八日　綠茵天天晴天

他們這群人到底從哪裡知道我的生日啊？我又沒說過！

好可怕喔，該不會是去跟老師要資料來看的吧！

十五歲的五月一日　綠茵天天晴天

勞動節，但是學生要上課，期待將來成爲上班族以後，五月一日就可以放假。

不過上班族沒有寒暑假，仔細想想，還是當學生就好。

今天是綠茵交換學生的交流日，大家聚集在一間裝潢典雅的大型會議室，老師還準備了豐盛的下午茶buffet讓每個人盡情享用，這眞是太誇張了。

我們互相談論在綠茵這些日子來的心得，有人在綠茵交了女朋友，有人被班上的同學瞧不起，有人則是與本來沒機會相識的權貴後代結爲好友。總之，大家的感想都是想繼續留在綠茵，直到畢業。

所以有人問老師，有沒有什麼方法可以留在綠茵？

老師回答沒有，這讓我的心一沉，有些人甚至當場就哭了出來。

但也有人反應，她想快點回到原本的高中，因爲綠茵是個用大量金錢堆砌起來的膚淺世界，她待在這裡有種快要窒息的感覺。

我注意到老師的臉色微微一變。

每個人都有適合自己生存的地方吧，就像飛鳥不可能在海裡悠游，魚群也無法上岸。

強迫去到不適合的地方生存，就會死掉。

我想留在綠茵，我適合這裡，這是我一直以來的願望。

十六歲的五月二日　綠茵天天晴天

今天是我生日。

言奇栩對我說了一些話，他說那是我的生日禮物，而我發誓不會告訴任何人。

莊雯珂發現我有點奇怪，但我不能告訴她。

我們去公園放煙火，結果被附近的居民抗議，李脩能說可以去他家，他家庭院很寬闊，但魏撰之表示李家與魏家向來不對盤，他不方便過去。

這時候我才忽然想到，綠茵既然是權貴子女群聚之處，一定也會遇到家族生意的競爭敵手吧。

不過魏撰之和李脩能卻成爲朋友，還好他們都是男生，不然我還以爲一齣羅密歐與茱麗葉的戲碼將要上演。

十六歲的六月二十五日　綠茵天天晴天

這次期末考我是第二名。

贏不過怪物言奇栩，但是我贏過了其他人。

這個學期結束了。當初來到綠茵的五十個交換學生，有十五個人表示想要回去原本的高中，剩下三十五個人則想要留在綠茵。

然而在這三十五個人裡面，有少部分人臉上的表情已不見半年前的興奮喜悅，反倒流露出一股濃厚的倦意。

要當小池塘裡的大青蛙，還是要當大池塘裡的小青蛙呢？

綠茵，是個會削弱你自信的地方，不適合的人被淘汰也是很合理的。

十六歲的九月二十七日　綠茵天天晴天

暑假過得太開心了，一直和綠茵的朋友在一起玩，我幾乎忘了在之前的高中是怎麼生活的。

我決定無論如何都要留下來。

言奇栩告訴我，期中考一定要好好表現。

「不然我假裝考壞了，讓妳第一名怎麼樣？」

他甚至還說出這樣的話，我才不要呢，作假得來的名次有何意義？

我問他是不是害怕這次期中考我眞的會贏過他，所以先給自己找臺階下，言奇栩卻冷笑地說我想太多。

然後羅子晴今天居然問了我一個奇怪的問題，雖然她暑假期間就問過了，但她今天又問了一次。

「妳和奇栩在交往嗎？」

十六歲的十月一日　綠茵天天晴天

好吧，我是和言奇栩在交往沒錯。

十六歲的十月二十三日　綠茵天天晴天

言奇栩到底有沒有放水我不知道，他是說沒有，但誰知道眞的假的。

「妳對自己有點信心好嗎？」他還笑我太沒自信。

總之，我考了第一名，跌破了所有人的眼鏡，其他交換學生都跑來問我是怎麼做到的。

「就是努力念書啊。」我的回答讓他們紛紛翻白眼，他們覺得我不肯分享自己的念書技巧。

十六歲的十一月十七日　綠茵天天晴天

又有八個交換學生放棄繼續留在綠茵。

因爲再怎麼努力，都像是在黑暗中摸索前進一樣，徒勞無功，待得越久，只會越覺得自己沒用。

十六歲的十一月十八日　綠茵天天晴天

是連鎖效應嗎？

又有三個人說他們現在就想離開。

十六歲的十一月二十四日　綠茵天天晴天

老師可能是受不了得要時常安撫那些交換學生的情緒了，索性安排他們提前離開綠茵。

連鎖效應之下，頓時交換學生的人數只剩下十個人左右，我有點傻眼。

但同時也在心中盤算，我的學業成績這麼出色，也許我有機會可以轉學過來，所以我再次問老師我能不能一直留在綠茵，老師沒有給我正面回應。

十六歲的十二月五日 綠茵天天晴天

言奇栩又說了一次，他有辦法讓我留下來。

但他要我答應他一件事，那是他的條件。

我要考慮一下。

十六歲的十二月八日 綠茵天天晴天

也不用猶豫了，我答應了。

十六歲的十二月二十四日 綠茵天天晴天

白痴打電話給我。

十六歲的十二月三十日 綠茵天天晴天

言奇栩說他辦妥了，我可以留在綠茵了。

他到底是怎麼做到的？

十六歲的一月三十日　綠茵天天晴天

新年快樂。

雖然距離一月一日已經過了一個月，不過也快要放寒假了，農曆年即將來臨，也是可以說新年快樂。

十六歲的二月十日　過年好冷

媽問我要不要去看爸，我回答不需要吧，她好像有點不高興。

十六歲的二月十一日　不高興

結果今天還是硬帶我去了啊，那何必問我，問心酸的嗎？

十六歲的二月二十八日　綠茵天天晴天

放假就是開心。

我和言奇栩一起去了很多地方，他的手好冰。

十六歲的三月十一日　綠茵天天晴天

言奇栩似乎怕我食言，所以老是跟我黏在一起，李脩能說沒想到言奇栩會這麼黏女友，聞言，我只是微笑。

羅子晴的眼睛都要噴出火來了，不過她已經不會再隨便對我生氣。

十七歲的五月二日　綠茵天天晴天

祝我生日快樂。

十七歲的七月二日　綠茵天天晴天

高三前的暑假，無法喘息。

十七歲的十月十九日　綠茵天天晴天

可以別再考試了嗎？

十七歲的三月十日　綠茵天天晴天

太誇張了，念書占去了我所有的時間，根本抽不出空寫日記，甚至連跨年倒數的那一刻，我都累得只能在睡夢中度過。

轉眼之間就來到三月，連學測都考完了，成績也出來了。

我打算拚指考。

十七歲的四月二十九日　綠茵天天晴天

我和言奇栩決定考同一所大學，他對我說：「還記得約定嗎？」

我當然記得，不會忘記。

但我該不該告訴他，我有一點後悔？

十八歲的五月二日　綠茵天天晴天

我十八歲了，生日快樂。

十八歲的五月二十七日　綠茵天天晴天

莊雯珂提議，我們幾個好朋友自行舉辦畢業旅行，魏撰之舉手同意，還抓著莊雯珂的手稱讚她很聰明，李脩能馬上上前拍開魏撰之的手。

我也太遲鈍了吧，原來李脩能喜歡莊雯珂啊。

羅子晴給我一個白眼：「妳也多注意一下旁人好嗎？」

十八歲的六月二十日　綠茵天天晴天

言奇栩跑來我家，還好媽媽不在。

我拒絕他。

但是他好像等不及了，伸手探向我的脖子，他的手好冰。

「我們說好要去畢業旅行的，再等等吧。」我跟他說。

他一臉無奈地把手縮回去，告訴我：「下次一定要履行約定，我等很久了。」

十八歲的七月四日　畢業了，綠茵還是晴天

畢業典禮那天忘記寫日記，既然過了就算了。

羅子晴雖然很囉嗦，行程安排得倒是非常好，魏撰之家裡經營旅行社，飯店訂房交由他處理。

莊雯珂的任務是找餐廳，李脩能只當出一張嘴的大爺。

「誰叫魏撰之搶著做，不然我家也是旅行社啊。」李脩能得了便宜還賣乖。

我已經開始期待月底的旅行了。

十八歲的八月　自己的畢業旅行都是晴天

言奇栩在旅行途中不斷問我什麼時候可以？

然而透過這趟旅行，我覺得自己對他的認識更深了，他跟我當初以爲的不太一樣。

所以我還是拒絕他了，但言奇栩生氣了。

「我如果逼迫妳，妳也沒辦法拒絕。」他對我這樣說。

我想想也是。

「那……好吧。」於是我答應他了。

然後過了一個星期，指考放榜了，我和言奇栩考上同一所大學，儘管是台北的學校，不過距離我們各自的住處都有點遠，需要在學校附近租屋。

大家都勸我們要快點找房子，不然就來不及了，好貨很早就會被搶光。

但我跟言奇栩一點都不擔心，依然沒有動作。

十八歲的八月二十一日　陰天

言奇栩打了好幾通電話給我。

我都沒接。

然後他就突然跑來我家，臉色鐵青地拉著我進到我的房間，把我推倒在床上。

我跟他說，不要在我家，至少等到上大學……

「妳一直拖延、一直拖延，如果妳不想要、妳後悔了，妳可以直說，不要一直拿話打發我！」

他朝我大吼，這大概是他第一次吼我。

既然如此，我就實話實說了，可是他不能接受，氣憤得將我桌上的東西掃落在地，才氣沖沖地甩門離開。

幸好媽媽不在家，否則我眞不知道該怎麼解釋。

十八歲的八月二十三日　陰天

「那就等到上大學吧。」

言奇栩妥協了。

所以我們開始找房子。

十八歲的九月二日　陰天

言奇栩找到一間合適的房子，我們打算同居，也跟房東簽好租約了，不過找房子和簽約都是他一個人出面處理，我沒參與。

因爲爸爸突然來了，他說他虧欠我們母女，決定過戶一間房子給媽媽。

媽媽以爲這是轉機，其實這不過是一筆分手費，這大概是爸爸在這段婚姻中做得最對的一件事了。很快地，我們搬家了，搬進那間新房子。

新家離舊家並不遠，不過幾站公車站的距離而已，搬家那天，我還看到白痴，但他應該沒看見我，因為我躲起來了。

十八歲的九月三十日　陰天

「都開學多久了，妳到底要不要搬過來？」

言奇栩不斷傳訊息催促我，不只他，其他人也一直傳訊息問我怎麼沒去學校上課。

我一概不回，直接關機，跟媽媽說我想換手機號碼。

十八歲的十月三十日　陰天

媽媽說如果我不想念大學，就去工作。

還說枉費我從綠茵那麼好的學校畢業。

十八歲的十二月三十一日　陰天

他們找不到我。

十八歲的一月七日　陰天

新年快樂。

十八歲的三月九日　陰天

言奇栩似乎很不爽，我的臉書私訊快要被他塞爆了。

「妳不要背叛我！」

十八歲的四月一日　陰天

又是愚人節，媽媽再次要我去找工作，她說她不要養一個米蟲女兒。

十九歲的五月二日　陰天

我的生日又到了，我十九歲了。

媽媽今天關在房間裡哭，都過這麼久了，她終於發現這間房子其實是爸爸給她的分手費。

我大笑了三聲，不過不能讓她聽見。

「生日快樂。」言奇栩又傳來訊息，我並沒有點開。

十九歲的八月四日　陰天

從臉書上可以知道，言奇栩還是好好過著大學生活啊。

所以我當時的決定並沒有錯……

媽又在吼我了，我在家當了一年多的米蟲，也許我該振作起來，去找份工作吧。

二十歲的五月二日　陰天

祝我生日快樂。

我二十歲了。

終於。

第七章

日記本只寫了三分之二，後面一片空白。

我翻開那疊相簿，在綠茵高中所拍攝的照片數量無疑是最多的，包含日常生活紀錄、朋友聚餐合影，或是一些紀念活動的遊玩畫面，像是園遊會與畢業旅行等。照片裡的楮心岑大都面帶笑容，身邊多半有言奇栩相伴。除了言奇栩，我也在照片裡看見了褚心岑那群在綠茵結交的朋友，以及紀衛青、華佑惟等人。

畢業紀念冊裡的褚心岑，一樣笑得開懷，

然而，我卻感到一股說不上來的怪異。

看完這些，我還是不懂褚心岑的心思，以及她爲什麼要自殺。

一定是我遺漏了什麼，一定有什麼是我還沒發現的。

我將箱子裡所有的東西都倒出來，但怎麼翻找也就只有一本日記、幾本高中課本、高中畢業紀念冊，以及那疊厚厚的相簿。

一個念頭忽然閃過腦中，我知道是哪裡不對勁了，這個箱子的東西都只與褚心岑在綠茵的生活有關，爲什麼？褚心岑更久遠以前的過去呢？爲何連在日記本裡，明明有寫到她最初就讀的高中，卻一個同學的名字都沒提起，反倒是進入綠茵高中以後，絮絮叨叨地多次提及言奇栩、莊雯珂、魏撰之、羅子晴、李脩能等人。

難道她在進入綠茵之前沒有朋友？還是另有隱情？

我記得我六年前來到這個世界時，除了衣物書籍與日常生活用品，褚心岑的東西確實就只有這些，而且是我親自將這些收進箱子裡的。

還是我該去問問褚月存？是她把褚心岑其他的東西藏起來了嗎？

如果是的話，爲什麼要藏起來？

我敢打賭，褚月存一定也看過這本日記，她一定也看不出所以然，一定也不明白爲什麼褚心岑會自殺。

褚心岑自殺的原因和言奇栩有關嗎？言奇栩一直要求褚心岑做的事是什麼？男女之間的肌膚之親？看起來很像，但又似乎不盡然是。

我覺得自己像是做了無用功，大費周章找出並看完褚心岑留下來的日記和相簿，卻只換來更多的迷茫，看來還是要跟言奇栩見個面才行。

同時我開始考慮一件事，也許，我該告訴褚心岑那群朋友，褚心岑死了，早在六年前就死了。

和言奇栩約定的日子很快就到了，我特意在短髮上抹上一些髮油，並搭配緊身長褲與白襯衫，特意呈現出幹練的模樣。

端詳著鏡中的自己，即便頂著同一張臉，但我與褚心岑在審美方面相差甚多，從照片看來，褚心岑習慣裝扮得很女孩子氣、很可愛，嗯……儘管她在日記裡所流露出的個性並非如此。

算好時間，我搭乘計程車前往綠茵高中，原以爲這個時段人潮會比較少，卻發現自己低估了綠茵高中的吸引力。

綠茵的校門口鋪上了誇張的紅地毯，穿著紅色百褶裙的高中女生笑語盈盈，爭相與朋友、訪客合照，人聲鼎沸。

綠茵和河東不一樣，並沒有學生在發放傳單，只放了一疊印刷精美的導覽地圖在警衛室旁，任人自由拿取。

我對這間學校一點印象都沒有，望著占地廣大的校園與宏偉的校舍建築，只覺得不可置信，原來所謂的超級貴族學校是這種樣貌啊！聽說校園裡還有一大片廣闊的草原，綠草如茵，也不知道校名是不是由此而來。

我拿起一份導覽地圖，雖然最初並沒有想要逛逛這所高中，然而實際來到綠茵後，我有些動搖了，也許該去看看褚心岑以前的教室。

我仔細研究起地圖，想要找到一年五班……還是二年五班，或是三年五班？不過那至少是七、八年前的事了，班級教室很有可能換過吧？

就在我猶豫不決的時候，口袋裡的手機傳來震動，我也沒看來電者是誰，便迅速接起電話，但我一接通對方卻迅速掛斷。

此時，我注意到不遠處有個身穿黑衣的男人正看著我，眼神帶著些許詫異。他濃眉大眼，五官變化不大，只是褪去了稚氣，多了幾分滄桑。

「我以爲我看錯了。」言奇栩開口，聲音比我想像中的還要低沉。

我竟抑制不住地微微顫抖。

「你早到了。」我說。

言奇栩面無表情，像是在打量我。

「妳不會穿這樣的衣服。」他一句話便讓我心驚膽跳，或許他真的是最了解褚心岑的人。

「出社會以後，多多少少都會有些改變。」我盡量維持平板的聲調，不能讓他察覺我的異樣。

我叮囑自己，不能再像先前應對莊雯珂、羅子晴那般，除了以言語激怒對方，什麼有用的資訊都得不到，這次我一定要冷靜下來，找出褚心岑自殺的原因。

這樣，我才能前進，也才能向孫楊前進。

這是爲了我自己。

言奇栩的目光依然在我身上流連，眉毛微微蹙起，似乎並不採信我說的話。

「妳要四處走走逛逛嗎？」他問。

「嗯，但不是逛園遊會。」我想去校園走走，讓言奇栩帶著我走過他與褚心岑的回憶，然後配合褚心岑的日記，想辦法拼湊出言奇栩與褚心岑的過去。

「我知道。」言奇栩說完便轉身，朝最右邊的教學大樓走去。

他身形高䠷瘦削，身材堪比模特兒，望著他的背影，我沒有任何感覺，沒有懷念，也沒有痛苦。褚心岑的記憶，沒有留給我一絲一毫。

在褚心岑的日記裡，提到言奇栩和紀衛青是朋友，紀衛青背景特殊，不曉得言奇栩是否也是如此。我之前在網路上google過言奇栩的名字，沒能找到什麼有用的資料。

我必須放機靈一點，絕對不能露出破綻。

言奇栩一路走上四樓，路上碰見的高中女生，大都會不自覺地多看言奇栩幾眼，而言奇栩始終腳步未停，一次也沒回頭看我有沒有跟上。

最後，他終於停在一間教室門前，我抬頭望向班牌，一年五班。

這個班級將教室布置成咖啡廳的樣子，販售咖啡、飲料與各式點心。

我在日記上看過，他和褚心岑皆就讀一年五班，看來這麼多年過去，一年五班的教室所在位置沒有更動過，不然他應該無法這麼順利地找來這裡。

言奇栩始終沒有出聲，靜靜地注視著教室裡頭。

「我第一次來綠茵的時候，眞的被嚇到了。」我邊回想褚心岑的日記，邊努力模仿她日記中的語氣，「我萬萬沒想到竟然有機會以交換學生的身分來到綠茵念書。」

言奇栩斜覷向我，依然沒有吭聲。

「謝謝你當時讓我留在綠茵。」我謹慎地挑選用語，「對了，你以前成績一直好得嚇人，你現在從事什麼工作？」

他沒有回話，只是又多看了我幾眼，最後目光落在我俐落的短髮上。

「啊，我剪了短髮，這樣整理比較方便。」我不自在地摸了摸頭髮，「對了，心事室怎麼不是由一年五班負責舉辦？難道是二年五班？還是三年五班呢？」

我邊說拿起導覽地圖查看，原來心事室是由二年五班負責舉辦。

不料，言奇栩忽然往前走，我喊了他一聲，但他並沒有停下，我只得快步跟過去。

這個人是怎麼回事？話也不說一句就走，他要去哪裡？

他繞到另一棟大樓，腳步輕盈如游魚，從洶湧的人潮中迅速穿梭而過，我要非常努力才能勉強跟上。同樣是高中校園，綠茵與河東給人的感覺截然不同，河東校舍已染上歲月的痕跡，綠茵同樣創建多年，校舍建築卻依然新穎豪華，想必定時翻新，若非校方資金雄厚，絕計不可能辦到。

一晃眼已經來到二年五班，走廊上擠滿了排隊人潮。

我好奇地往二年五班的教室裡面看去，卻見整排窗戶緊閉，窗邊懸掛著厚重的黑色布簾。

「心事室，在園遊會舉辦這項活動的傳統，是我維持下來的對吧？」

現在回想起來，華佑惟在綠茵校友會上便曾提到這件事，而褚心岑也曾在日記中這麼形容華佑惟……

「華佑惟學長很不可思議……」於是我故意放慢了語調說。

言奇栩依舊面無表情，這個人是怎麼回事？都不回話是怎樣？

「對了，謝謝你當時送我的生日禮物，我很喜歡。」雖然不知道他送我的是什麼，但是先道謝就對了。

言奇栩終於定睛看我，抬手指了指走廊，我不懂那是什麼意思，下一秒隨即想起褚心岑最後發在臉書上的那張合照，環顧四周，應該就是在這個地方拍的。

「我們在高二的時候開始交往，對吧？」我裝出一副有些扭捏的樣子，並用帶著些許無奈的口氣說：「對不起，我沒做到答應你的事。」

「三年五班。」他沒頭沒腦地拋下這句話，說完轉身就走，我也只能繼續跟上。

離開前，我回頭看了二年五班一眼，就連看到褚心岑延續下來的「心事室」，我也毫無感覺，我甚至不知道那到底是什麼活動。

窗戶緊閉，又掛著厚重的黑色布簾，難不成裡面是鬼屋嗎？

言奇栩又領著我走到另一棟人潮較爲稀疏的教學大樓，一整排都是三年級的教室，可能是高三生以大考爲重，大多數的班級並未推出活動，不過教室的前後門都是敞開的，零星有幾個學生坐在裡面看書。

我們來到了三年五班的教室。

「我們自己辦的畢業旅行很好玩吧，花束的風景很美，後來……我們之間發生了一些事，我很抱歉我逃開了……」我故意把話停在這裡，想著差不多也該進入主題了吧。只是言奇栩依然神情漠然，不發一語，見他如此，我也火大了。

「言奇栩，你是啞巴嗎？」

他悠悠地側過頭看我，眼神帶了點怒氣，語氣倒是平淡無波：「妳成功了嗎？」

「什麼？」

「妳，是誰？」

這個問句宛如五雷轟頂，讓我整個人頓時僵在原地，除了失速的心跳，我再也聽不見任何聲音。

言奇栩銳利的目光像是看穿了我自以為隱瞞得很好的一切，他知道我不是褚心岑，儘管我有一張和她一模一樣的臉。

我握緊雙拳，死死地看著他，一句話都說不出來。

「所以褚心岑成功了？她死了？」沒想到他再次說出令我驚訝的話。

「你知道……你知道她自殺？」我一說出這句話，便見言奇栩略略睜圓了眼睛，我立刻倒抽一口氣，「你套我的話？」

言奇栩眼中燃起憤怒，握緊雙拳朝我大步走來，我以為他要打我，連忙想要後退，他卻迅速地拉住我。

「妳怎麼可以死？妳是誰？褚心岑去哪了？」

「我、我、我就是褚心岑！」我從來沒想過自己有一天會這麼說，驚愕之餘，情不自禁用手摀著嘴。

「褚心岑不會說這種話，不會穿這樣的衣服，不會剪去她寶貝的長髮，褚心岑不會說華佑惟很不可思議，她說的是『華佑惟很可怕！』，褚心岑一點也不喜歡我的禮物，她說過那很可悲！」言奇栩雙手握住我的肩膀，猛烈搖晃，「妳把褚心岑還給我，妳怎麼可以背叛我？妳怎麼可以消失？妳怎麼還能這樣站在我面前？妳怎麼還能活得這麼好？」

我被言奇栩激動的反應嚇到了，青筋清楚地浮現在他白皙的臉上，讓他斯文俊秀的五官頓時變得有些猙獰可怕。

「我不知道！我不知道！」我想推開他，但是言奇栩的力氣好大，我掙脫不開。

「妳爲什麼背叛我？爲什麼反悔了？妳爲什麼不告而別？爲什麼都離開了還自殺？爲什麼——」他像是發狂了般地不斷質問我。

「我什麼都不知道，我不是褚心岑，我不記得任何事！」我大叫。

在教室裡自習的學生紛紛注意到我們在走廊上的爭執，有人嚷著說要去通報老師，有人則直接抱起書包離開，大概是怕受到波及。

「所以妳成功了！妳解脫了！那妳想過我嗎？」言奇栩變得更加激動了，他握著我肩膀的力道也更重了，我的肩膀都快要被他捏碎了。「找出來！找出褚心岑離開的眞正原因！」

幾個男人衝過來合力拉開言奇栩，被人架住雙臂的他失控地大吼大叫，整張臉不知道是因爲過於用力，還是過於憤怒而漲得通紅。

「這是妳欠我的！褚心岑，妳欠我一個解釋、欠我一個原因，妳欠我的——」

我嚇得全身發抖，立刻轉身就逃，這是怎麼回事？到底之前發生過什麼事？爲什麼……爲什麼言奇栩會這樣？

無論我跑到哪裡，言奇栩的怒吼聲始終縈繞在我耳邊陰魂不散，我的眼淚不斷湧出，我要逃出這裡、逃出這裡，我不斷往前狂奔，卻像是永遠都找不到出口，觸目所及一片漆黑，沒有光、沒有路、沒有指引。

我，找不到自己。

「褚心岑！褚心岑！」我在黑暗之中大喊，但什麼也看不見。

「妳做了什麼？妳答應了什麼？妳背叛了什麼？」

把妳的記憶讓我知道！

妳不能那麼自私，要我獨自面對妳那些朋友，面對他們咄咄逼人的質問，我卻什麼都回答不出來，因爲我什麼都不知道，我完全不知道妳爲什麼會毫無預兆地切斷與所有朋友的聯繫，並走上絕路。

這具身體不僅僅是妳的，也是我的，妳是褚心岑，而我也是！妳想死，但我想活。

「我想活下去！」我大喊，猛地睜開雙眼，見到的卻是一片白色的天花板。

「妳沒事吧？」女人的聲音從一旁傳來。

我驚覺自己躺在床上，全身滿是冷汗，這裡是哪裡？

「這裡是保健室，妳忽然暈倒了。」女人柔聲解釋。

我緩緩從床上坐起，覺得頭有些昏，女人上前扶住我。

「謝謝妳……」當我看清她的臉，不由得睜大眼睛，「顧、顧湘庭？」

孫楊的初戀情人怎麼會出現在這裡？

她笑容和煦，接下來說出的話卻令我倍感震驚。

「褚心岑，妳還記得我啊？我好開心！」

「妳、妳認得我？」這是什麼情況？

「我們之前在河東高中同班啊，後來妳跑去綠茵當交換學生，最後還轉學過去。我一開始很不高興，覺得綠茵到底有什麼好的啊！想著一定要來這裡看看，結果來過一次就愛上這所學校了，後來每年綠茵校慶我都有來喔！不過王其均不准我跟妳聯絡，所以我一直都沒主動找妳。」

我聽得一頭霧水，王其均是誰？

顧湘庭嘴巴微微噘起，「剛剛我才正要上樓，就看見妳衝了下來，妳變得好多呀，一時之間我還認不出妳。我試探地叫妳的名字，妳便停下來看著我，然後妳就突然暈倒了，還好我及時抱住妳，妳不記得了嗎？」

我有嗎？

我明明、明明一直在黑暗中奔跑啊！

我什麼時候暈倒了？我又什麼時候看見她了？她又什麼時候叫住我了？

爲什麼我沒有半分記憶？爲什麼……

難道在剛才那個瞬間，是眞正的褚心岑出現了嗎？

頓時我寒毛直豎，她出現了嗎？她……她要殺掉我了嗎？

「嘿，妳現在還有跟王其均聯絡嗎？」

這個人到底是誰？我連聽都沒聽過？顧湘庭爲什麼一直提起他？

「誰？」

「王其均啊！妳怎麼可能會忘了他？你們兩個人當時相處的感覺很好耶，妳轉學到綠茵後，王其均傷心了好久。我前陣子才在路上與他巧遇，他還是跟以前一樣帥氣……」顧湘庭自顧自地說著，像是忽然想到什麼，又補上一句：「啊，他改名了。」

「妳在說什麼？」

「王其均現在叫作孫楊。」

我一愣，不敢相信自己的耳朵。

「妳說什……」我用力握住顧湘庭的手腕。

此時，保健室的門忽然用力被推開，言奇栩喘著粗氣，表情凶狠地站在門口，一看見我，便筆直走了過來，我本能地想要閃躲，而顧湘庭似是察覺到我的驚慌，二話不說擋在我身前。

「我有話跟她說。」言奇栩口氣冰冷。

「有什麼話等她好了再說，先生，你的表情看起來很可怕耶。」顧湘庭想要緩和氣氛，故意用輕快的語調說。

而我揪緊顧湘庭的衣襬，畏懼地看著言奇栩。

「妳是誰？」言奇栩瞇起眼睛打量顧湘庭。

「我是心岑在高中時候的好朋友，顧湘庭，畢業自河東高中。請多多指教，言奇栩。」

對於顧湘庭能道出言奇栩的名字，我和言奇栩都非常驚訝。

顧湘庭轉頭對我俏皮地眨眨眼睛，「他的照片以前很常出現在妳的臉書上呀，這麼帥的男生我當然記得。」

「妳聽心岑提過我？」言奇栩問。

「沒有，心岑去綠茵就讀之後，就沒再與我們聯絡了……」顧湘庭再次扭頭看我，小心翼翼地說：「我不是怪罪妳的意思，只是我當時確實有點難過。不過妳在臉書上把河東的朋友全刪光了，唯獨留下我一個人，所以我想這是不是表示……對妳來說，我算是個特別的朋友吧？」

言奇栩看了看她，又看了看我，露出驚訝的神情。

「妳說妳叫什麼名字？」他問。

「顧湘庭，三點水的湘，家庭的庭。」顧湘庭有些失落，「心岑從來沒提過我，對吧？」

「她沒提過任何人。」言奇栩冷聲說。

「你讓心岑休息一下，有什麼事問我就好。雖然我不清楚心岑去到綠茵之後發生了什麼事，不過我是她在河東最要好的朋友。她剛才都暈倒了，現在很需要休息啦。」

說完，顧湘庭迅速收拾起失落的情緒，不由分說便拉著言奇栩往外走，而他居然也沒有抗拒，任憑她拉著他離開保健室。

「顧湘庭，等一下！」我其實也不知道自己爲什麼要叫住她。

她停下腳步，像是忽然想到什麼，從包包裡翻找出一張名片，然後跑回來將名片塞進我手中。

「和我聯絡，心岑，不要又消失了。」顧湘庭微微一笑，並握緊了我的手，才又跑回言奇栩身邊，推著他走出保健室。

「找出來，褚心岑。找出導致現在這個局面的真正原因。」離開前，言奇栩回頭對我這麼說。

我腦中一片混亂，同時感到一陣強烈的暈眩感襲來。

褚心岑在日記裡完全沒有提到河東高中，也沒有提到王其均和顧湘庭，有些地方更寫得模模糊糊。日記是寫給自己看的，照理來說，不是應該把自己在意的人事物在日記裡交代清楚嗎？褚心岑的日記卻不是這樣……好像連在寫日記的時候，都戴上了一層面具……

我心念一轉，生出一個瘋狂的臆測——

那本日記是假的，是褚心岑故意寫給別人看的！

我立刻就想要撥電話給孫楊，問清楚這到底是怎麼回事，孫楊是王其均？而我以前曾就讀於河東高中，然後從河東轉學到綠茵？孫楊忘不了的那個人其實就是我？

不對，不是我，是褚心岑才對！

這麼一想，我忽然猶豫了起來，停下撥電話的動作，如果孫楊真的就是王其均，那……就表示他早就知道我已經不是褚心岑了，可是他卻隻字未提，並且從未在我面前露出破綻。

他的笑容、他的溫柔、他的一言一行，頓時讓我覺得很可怕。

他接近我的目的是什麼？他的種種柔情到底是對誰？

是我？還是褚心岑？

不行，我要自己查出真相才行，我不能問任何人！

所以我立刻把東西收好，飛快奔出綠茵高中，搭計程車回到褚心岑的家。

#

從樓下就能瞥見褚心岑的家裡燈火明亮，褚月存在家。

我沒時間等她離開了，於是三步併作兩步上樓，逕自掏出鑰匙開門。

褚月存聽到門鎖轉動的聲音，立刻衝到門前，她憔悴的臉上原先帶著喜悅，在看到來人依舊是我，而不是她女兒的時候，神情又變得猙獰。

「妳來做什麼？把我的女兒還給我！」又來了，她邊說邊對我拉拉扯扯。

我今天眞的好累，沒心思跟她吵架，所以我並沒有反抗，任由她發瘋。

「我要知道褚心岑離開這個世上的原因。」我淡淡地說，她猛地停下動作，「是妳嗎？妳會偷看她的日記嗎？」

「妳、妳怎麼……」褚月存睜大眼睛，牙齒微微打顫。

看到她的反應，我明白自己猜對了，那本日記，是褚心岑刻意寫給褚月存看的，她一直都知道母親會偷看她的日記。

「我遇到褚心岑的朋友，他們問起很多我不知道的事。我改變心意了，我要知道褚心岑的過去。」我脫掉鞋子，朝褚心岑的房間走去。

「不准！我不准妳去她房間，妳從來都不關心她，不要現在才……」褚月存回過神，氣沖沖地拉住我。

「我現在正在想辦法了解她！」我朝她大吼，「妳又關心過她嗎？妳知道她在綠茵過得是什麼樣的生活嗎？妳知道她爲什麼自殺嗎？妳知道言奇栩今天拉著我說我背叛了他嗎？褚心岑做了什麼、答應了什麼，妳又知道嗎？妳知道妳寶貝女兒在想什麼嗎？」她被我吼得一愣，呆若木雞，我用力甩開她的手，褚月存往後一個踉蹌，站立不穩差點跌倒。

「我過去確實不在乎她！但現在我不能不在乎，我要知道她爲什麼自殺，我要知道我爲什麼會出現！」我忿忿地走進褚心岑的房裡。

褚心岑房間裡的擺設，和我上次過來的時候一模一樣，六年如一日不曾變過。我快速走到書櫃前，將櫃上所有東西都搬出來，逐一翻閱查看，連書櫃裡頭都不放過，想看看是不是有什麼祕密夾層，卻一無所獲。

我轉移目標至褚心岑的書桌，不僅打開每一層抽屜翻找之外，我還敲打每一塊木板，甚至搬動整個書桌，所有可能藏匿的地方都不放過，依然什麼都沒找到。

難道是我想錯了嗎？我以爲會另有一本被褚心岑藏起來的日記，一本眞正的日記。

誰能殺了我？誰能殺了我？

我能殺了我自己嗎？

我能在不給任何人添麻煩的情況下死亡嗎？

我不想活了。

第八章

十五歲的五月二日　太陽

大家都說，高中是人生迎來的第一個轉捩點，所以我選擇在我十五歲生日，即將要升上高中的前夕，開始動筆寫日記。

當我在書店一看見這本暗紅封皮的日記本，頓時明白就是它了，我人生中的第一本日記本。

雖然有點貴，要六百多塊，但反正平時我也不太用到錢，況且已經快要走到最後了，把錢花在這本日記上很值得。

不僅如此，我還多買了另一本一百多塊的普通日記本，拿來搪塞媽媽的好奇心，她太過於關心我，太把生活重心放在我身上了。

沒辦法，我是她唯一可能讓爸爸回心轉意的籌碼。

但我想她也該清醒了，爸爸早就不是我們家的爸爸，他已經是別人的爸爸了，他對我們早已沒有感情，也沒有責任，剩餘的只是同情而已。

這件事早在我六歲那年，他們離婚的時候我就明白了，怎麼媽媽一直不明白呢？

「妳是我的一切，妳是我和妳爸爸愛的證明……」

「都是妳的錯，如果沒有妳，我就能重新開始自己的人生！」

媽媽應該去看個醫生，她有點歇斯底里，我最常聽到她反覆說著這兩句話。

不過我以後將不再是她的困擾了，我之所以買下這本日記本，就是希望能在這本日記寫完以前，獲得解脫。

不只媽媽吧，我想我也需要看醫生。

我對一切事物都不感興趣、沒有欲望、缺乏喜怒哀樂的情緒，我唯一能感受到的就只有痛苦，以及無法呼吸的窒息感。

我的人生毫無意義，我的存在也無法給人帶來幸福。

但至少我有一個願望。

爸媽離婚的那天，我一個人呆坐在家中客廳，室內一片漆黑。他們說下午就會回來，可是直到太陽下山，他們誰也沒有回來。

「心岑，從今以後，爸爸不會回來了。」

他們以爲我不懂離婚是什麼，他們說我還小，只有六歲，不懂大人的世界。可是其實我都聽得懂，我都記得，我都明白。

那是我記憶中自己最後一次眞正地哭泣，我一邊哭，一邊在黑暗之中感受被拋下的孤寂感，我覺得他們都不會回來了。我曾經聽媽媽和別人說過，要不是懷孕了，她當年才不會結婚，媽媽覺得我是個麻煩。

我越哭越是心慌，安靜空盪的客廳裡只有我的哭聲在迴盪，我不想再聽見自己的哭聲，卻又止不住哭泣，情急之下，我拿起放在桌上的遙控器打開電視，什麼都好，只要能轉移我的注意力就好。

此時，電視恰巧在播放台北一所著名貴族學校的專題報導，綠茵高中校園裡有一片廣大的草原，那些在草原上奔跑、嬉戲或是野餐的學生看起來好快樂，他們笑得像是世界上沒有任何的悲傷。

我無法忘懷他們當時的笑容，也無法忘記我當時的淚眼矇矓，從此綠茵高中在我心中留下深刻的形象，那是個多麼「完美無缺」的地方。

然而隨著年齡增長，我對綠茵的美好幻想逐漸轉變。

大家都說綠茵高中是用金錢堆砌出來的地方，說能進入綠茵念書的都是人上人。

「妳爲什麼不能爭氣一點呢？妳要比妳爸爸的那個孩子更加努力，讓妳爸爸發現離開我們是個錯誤啊……」媽媽反覆不停的喃喃自語像是逃不開的夢魘，始終籠罩在我心上。

「妳看能不能更努力一點，考上綠茵高中，那是一所非常……非常與眾不同的高中，只要妳能考進去，所有人一定會對我們刮目相看。」

媽媽眞該看看她在說這些話時的模樣，看起來有夠可悲。

但是，她這個樣子讓我有了一個嶄新的想法。

如果，我能在那「完美無缺」的地方，在那片美麗的綠茵草原上死去，讓綠色的草地上蔓延出一塊鮮紅刺目的血泊……

那會是多麼大的新聞？那會是多麼美的畫面？

那會多麼令人感到可悲呢？

我忽然好想笑，但又好想哭，我不知道自己在想什麼，從小到大，想死的念頭老是揮之不去。

我一直未能付諸行動，是因爲我還沒成年，如果我在十八歲以前死去，媽媽會受到很多責難。

即便媽媽是那樣子的媽媽，也還是我的媽媽。

所以我還要撐著，繼續撐著。

然後在十八歲的時候，死於綠茵草原之上。

這是，我的生日願望。

十五歲的七月二十六日　太陽

當我五月決定拚指考，且第一志願是綠茵高中時，媽媽十分欣喜，這大概是她這幾年來最開心的一刻吧，很可惜的是我知道自己考不上。

儘管我成績優異，然而跟綠茵要求的錄取分數相比，還是相差甚遠。

果然，我的指考成績已經是前所未有的高分了，但這樣的分數還是上不了綠茵，距離最低錄取標準都還有一段距離。

媽媽沮喪不已，她對我說了許多難聽話，即便我沒有任何感覺，卻也沒辦法把那些話寫下來。

連我這種感受不到喜怒哀樂的人，都還會因此而不舒服了，那些眞正擁有七情六欲的人，聽到以後該是怎樣的心情？

我也很好奇，七情六欲又是怎樣的情感，爲了什麼事感動、對未來充滿希望、因爲路見不平而憤怒，那些戲劇、小說裡所形容的誇張情感，是眞實存在的嗎？眞的有人情感如此豐富嗎？

每當我塡寫資料，看見表單上有「專長」這個欄位時，都很想塡上「擅於觀察」，即便我內心心如止水，不知道何謂「情感」，但我能佯裝出各種情緒，我懂得在什麼時候哭或是笑，也懂得遇到不同的狀況該作何反應，才符合所謂的「正常」。

大概是國小的時候吧，我第一次發現自己「不正常」。某天放學，我和當時的好朋友小蘋一起回家，她忽然驚叫一聲，指向躺在馬路中央的一團不明物體。

「有狗受傷了！」小蘋說。

我也看了過去，白色的狗毛都染上了鮮紅的血。

正巧交通號誌轉爲紅燈，路上沒有來車，所以我立刻跑過去，徒手抱起那隻不過我兩個手掌大的小狗。

小蘋對於我徒手抱起浴血的小狗這項舉動既感詫異，同時也讚歎我的勇氣。

而我只是低頭看了看手中明顯沒有生命跡象的小狗，說了一句：「牠死了。」

接著便把小狗隨手丟進一旁的垃圾桶。

「妳在做什麼啊？」小蘋制止我，但狗已經掉落至垃圾桶中，發出一記悶響。

「狗不是死了嗎？」我不理解她為什麼這麼生氣。

「我以為妳只是比較酷一點，沒想到妳這麼奇怪，妳好冷血！」小蘋露出害怕的表情，隨即跑開。

從此之後，她沒再跟我說過話，即使我主動找她搭話，她也像是在逃避什麼洪水猛獸一樣，刻意離我遠遠的。

我在網路討論區留言發問，在路上看見狗的屍體要怎麼處理？大家都說要好好埋葬牠，可是我不懂，牠死了，身體就變成了垃圾不是嗎？丟到垃圾桶會怎樣嗎？

這麼想的我是不正常的嗎？

我哪裡出了問題嗎？

我開始在一些討論串下留下匿名留言，例如父母帶著孩子一起自殺，大家都說孩子有生存的權利，我卻說孩子獨自留下來也是痛苦，一起走不是更好？

對於持槍進入校園殺害那些曾經霸凌自己的人，大家都說應該有更好的解決方式才是，但我認爲逃脫地獄的方式，就是要殺死看守地獄之門的鬼怪。

偶爾也有人贊同我的說法，但大多數人都在痛罵我。

我從這個時候眞正體悟到，自己不太對勁。

於是我努力學習做出和別人一樣的反應，當家豪說家中養了三年的狗被車撞死的時候，雖然我覺得是他活該，誰叫他不牽著狗繩，但我學會了和其他人一樣，安慰家豪說這不是他的錯。

當老師被班上同學惡整到哭出來的時候，我學著跟著大家一起笑。

我只是發現了自己的情緒反應和其他人不一樣，但說我隱藏自己又好像不太對，我並不冷血，我也沒有暴力傾向，我單純就事論事。

可是，我還是有哪裡不對勁，我自己知道。

每個晚上我都睡不著，無法靜下來，覺得急躁，又老是頭痛。

嚴格說起來，我什麼事都做得很好，卻什麼事都不感興趣，唯一的執念就是考上綠茵高中，死在那一片草原上。

「今天的作文題目是『我的志願』，你們未來想要做什麼呢？」

早在國小二年級，老師在講台上問出這句話時，我便赫然發現自己毫無夢想，在最可以作夢的年紀，我對未來一點想像也沒有

一直到今天，我依舊對未來沒有憧憬，這跟年齡的增長沒有關係，只跟我這個人有

闢。

明天我必須告訴媽媽，我沒考上綠茵，我考上的是河東。

我上網查了一下河東高中，這間歷史悠久的高中書香氣息濃厚，與綠茵高中那種市儈的作風大相逕庭，兩所學校向來是死對頭。

昨天半夜，我睡到一半忽然醒過來，睜著眼睛看著天花板，就再也睡不著了。

我好想要尖叫，所以我用枕頭摀住自己的嘴，不斷尖叫吶喊，直到無法呼吸後才鬆開，呆呆地盯著天花板看，然後再次用枕頭摀著嘴尖叫。

就這樣來來回回地，直到天亮。

十五歲的八月三十一日　麻煩

雖然叫作日記，但我並沒有每天寫，這一本日記只用來記錄我乏味的生活心得即可，另一本日記則必須當作例行功課，按時寫給媽媽看，滿足她的好奇心，假裝我眞的因爲沒考上綠茵而難過沮喪，即便我壓根不知道那是什麼樣的感覺。

而且，她偷看的技巧也太差勁，我前天就目睹她在偷翻那本假日記，眞是夠了。

至於這一本眞正的日記，我會好好藏起來，我本來放在衣櫃深處，夾在一疊衣服中間，不過想想也該換位置了，我昨天看見她幫我把衣服收進衣櫃裡。

補充：放在床鋪底下是個好選擇，向來床單都是我自己換的。

十五歲的九月十七日 河東高中很假掰

我不想與他人深交，那很麻煩。

還會爲了什麼事而覺得麻煩，大概是我少數僅存的情緒之一。

我花了相當多的時間研究綠茵高中，既然當不成綠茵高中的學生，還有什麼辦法可以光明正大地進入綠茵高中的校園呢？

畢竟我希望死在那片美麗的綠茵草原上。

有時想想，我也挺矛盾的，明明不想讓自己的死造成別人的麻煩，但也不想就這樣靜靜地在家中死去，成爲新聞裡上千百個自殺者中的一個。

一樣都要死去，我當然希望多一點人看見我的死亡。

這樣想想，又覺得自己挺病態的。

大概是小時候看到那段綠茵高中的電視報導，眞的影響我太深了吧。

有一次，當我在教室用手機查詢綠茵高中相關資訊時，有個人湊近我身旁，原本我不想理睬，故作視而不見，但對方絲毫沒有要走開的意思，還湊得更近些，讓我想繼續忽視也難。

「褚心岑，妳怎麼老是在關注綠茵高中的消息？」他說話的聲音低沉卻不沙啞，語調微微上揚，「難道妳本來想考綠茵高中？」

「是呀，我不想念這所學校。」因為不打算跟同學打好關係，所以我答得一點也不客氣。

「是嗎？我覺得河東不錯啊！妳有仔細看過學校的建築嗎？」他又說。

我頭也沒抬，把他的問話當耳邊風。

誰知下一秒他大手一橫，居然以掌心遮住我的手機螢幕，阻撓我看下去。

「你做什麼？」我抽回手機，終於抬頭看他。

男孩對我露齒微笑，不由分說地拉住我的手腕，「我帶妳去逛逛河東！」

「不需要。」我掙脫開他，繼續盯著手機螢幕，「我心在綠茵。」

說完這句話，我自己都覺得好笑，決定改天要在假日記寫上：身在曹營心在漢。

「褚心岑，妳的姓氏好特別喔。」

另一個輕快的聲音出現在另一側，我眼角餘光瞥見微微飄起的綠色菱格百褶裙。

「顧湘庭，妳的姓氏也很特別啊。」男孩說。

說實在的，我沒有記住他們的名字，開學至今，我習慣獨來獨往。

「跟『褚』相比，『顧』算很普通了。」顧湘庭的大眼睛上有著一排漂亮的長睫毛，嗓音甜美，「你的姓氏最普通了，王其均，三橫一豎王。」

「再怎麼普通，也沒有『陳、林、張』普通吧。」

其實我覺得半斤八兩，王其均卻頗為志得意滿。

「我聽到你們在談論綠茵高中，我以為河東的學生都很痛恨綠茵呢。」顧湘庭將話題又繞回綠茵高中。

「不盡然吧，那可能只是表面上如此。」王其均摸了摸他近乎平頭的短髮，在這沒有髮禁的年代，居然還有男生將頭髮剪這麼短。

「不過你一定是討厭綠茵的吧？」顧湘庭竊笑，並用曖昧的眼神看著王其均，「我可是知道的喔。」

王其均聳聳肩，並不表態。

顧湘庭在我耳邊悄聲說：「王其均原本考上綠茵，他居然放棄不去，並接受了河東的獎學金喔。」

聞言，我不由得瞪大眼睛，仔細打量眼前這個長相俊秀的男孩。

「綠茵不適合我。」他的目光輕輕朝我瞥來，「但是很適合妳。」

王其均丟下這句話便轉身離開，我下意識站起身想喊住他，卻在看見他嬉皮笑臉地與班上男生聊起手機遊戲時，把話又吞了回去。

凝視著王其均的側臉，我暗自心想，原來我再怎麼努力也得不到的東西，卻有人在得到之後又輕易放棄。

「妳知道嗎？王其均很受歡迎唷，我前幾天還親眼目睹別班的女生向他告白。」顧湘庭邊笑邊說，音量不小。

王其均聽到了，翻了個大白眼，旁邊幾個男生跟著起鬨。

一時之間，我只覺王其均那張側臉太過閃閃發亮，太過刺眼，讓我想闔上眼睛，鼻間也迅速湧上一股酸意。

我立刻衝出教室，跑進廁所，用力關上門的那一刻，眼淚馬上落下，還好沒有在班上忽然哭出來，那樣大家一定會覺得我很奇怪。

我安靜地待在廁所，任憑眼淚像是關不緊的水龍頭一樣不斷流出，等到淚水終於停下時，已經上課五分鐘了。

我用冷水洗了臉，緩步走回教室，向老師謊稱我剛才身體不太舒服，去保健室躺了一下，我想應該沒人會注意到我的眼睛發紅。

倒是王其均的視線始終緊盯著我。

十五歲的九月二十四日　晴天

那天顧湘庭說王其均選擇接受河東的獎學金，放棄去綠茵就讀，我還以爲他是因爲家境清寒，才做出這樣的決定，但我似乎是誤會了。

我注意到他的國文小考只拿到二十九分，我本來猜想他會不會是故意的，不過他很快地將考卷塞進抽屜，像是不想讓別人看見，此舉實在不像是故意爲之。

難道他當初之所以能考上綠茵，不是因爲他成績很好，而是他家境很好？

會特別提起這件事是因爲，我今天利用下課時間看小說的時候，他突然靠了過來。

「妳竟然在看夏目漱石的書！我好驚訝，現在很少高中生會看文學小說耶。」然後他腦袋一晃一晃地嚷道：「今晚月色眞美！」

夏目漱石曾經在學校擔任英文老師，當時他讓學生翻譯一篇英文短文，文中男女主角在月下散步，男主角情難自已地對女主角說「I love you」，學生將這句話直譯爲「我愛妳」；夏目漱石卻不認同，他認爲日本人的示愛是很婉轉含蓄的，譯成「今晚月色眞美」會更合適，言下之意是「和妳一起看的月亮最美」。

雖然有人說這段佳話是杜撰的，但既然王其均能知道夏目漱石和這個典故，那麼他的國文程度絕對不會太差，國文小考卻只拿到二十九分，未免也太奇怪。

不過我沒理會他，儘管心中有點疑惑，倒也還不至於對他這個人產生好奇。

十五歲的十月一日　王其均很假掰

嗯，看來是我多心了，他就是個假掰的人。

我觀察了一個禮拜，王其均各科小考成績都沒有及格過。

然而今天下午第三堂課，當數學小考考卷發下來後，他卻忽然拿著幾張考卷站到講台上，用力拍了幾下黑板。

「各位，聽我說，這已經是開學以來第五次小考了。」他一臉嚴肅。

「等一下，已經五次了嗎？怎麼這麼快？」台下一個男生嚷嚷。

「我都忘了，是認眞的？」另一個男生瞪大眼睛。

班上大多數女生都跟我一樣摸不著頭緒，只有顧湘庭發出了然於胸的驚呼聲。

「來，大家的賭注我可是記得很清楚，阿景和小胖是PS4的一年會員卡，阿智是書店的伍佰元禮劵，張強則是幫忙當值日生二十次，對吧？」

「靠，你是怪物喔！」

「你記得太清楚了吧！」

「等等，你眞的爲了這些做到了？」

被點名的四個男生驚叫，只見王其均好整以暇地陸續從講桌上拿起五張考卷展示給大家看，分別是一張國文考卷、一張英文考卷、一張理化考卷與兩張數學考卷，而成績依序是二十九分、三十分、三十一分、三十二分、三十三分。

這時我才恍然大悟，王其均不是成績不好，而是成績好到可以隨意操控分數，爲了和同學打賭，他特意在近期五次的小考中，考出了數字連續的分數。

看他那副得意洋洋的模樣，果然是個很假掰的人。

十五歲的十月八日　王其均一樣很假掰

我後來又持續觀察了一週，王其均的小考成績總是在八十五分上下打轉。

因爲有過先例，所以我問他，這樣的成績是不是也是他故意爲之？他笑而不答。

「妳對我感到好奇呀？」他帶著笑反問我。

我並沒有對他感到好奇，只是問問罷了。

P.S.我今天中餐吃到一半忽然吃不下，跑到廁所吐了。將胃裡的東西都吐出來後，我蹲在旁邊稍作休息，誰知就這樣睡著了，直到聽見鐘響才驚醒，趕緊把馬桶裡的嘔吐物沖掉，再到洗手台前漱口洗臉。

我是不是病得很嚴重？

十五歲的十月十二日　爸爸

爸爸來了，帶著他的三歲女兒。

媽媽的臉色很難看，但仍勉力撐起微笑，言不由衷地稱讚：「妹妹好可愛。」接著，他們要我帶那小女孩出去外面走走，爸爸說：「她是妳的妹妹。」

我不理解，都離婚了，他們還牽扯不清是爲什麼？

難道媽媽當別人婚姻中的第三者會覺得開心？或者在她內心深處，她始終認爲自己才是眞正的正宮？

我也無法理解爸爸，如果現在還要跟媽媽糾纏，那麼當初何必分開？

不過，我並沒有把心中的疑問說出口，只是帶著毫無感情的妹妹到外面走了一圈，等我回到家的時候，爸爸甚至還洗好澡了。

「請你回去你自己的家！」

我差點脫口而出。

但我沒有，反倒笑著喊他：「爸爸。」

然後那天晚上，我哭了整晚，不是想爸爸、不是痛苦、也不是覺得傷心。

我只是覺得很焦慮，卻不知道爲什麼。

十五歲的十月十四日　王其均

「褚心岑，妳的成績很好耶，是因爲這樣妳才想去綠茵嗎？」

平常我和王其均沒有什麼交集，但今天換了座位，他坐到我前面，每次下課都會轉過頭來跟我說話。

「還好。」我隨口回答。

王其均一一細數我最近的小考成績。改好的考卷都是從前座傳回來的，因此坐在我前面的他，自然能得知我每次小考的成績。

「妳這樣子，說不定期中考可以全部滿分喔。」他像是在嘲笑我。

「我可以，那你行嗎？」我如此回。

「啊，妳要跟我比成績嗎？」王其均裝作苦惱的樣子，「但是怎麼辦？阿景他們和我打賭，只要我期中考每科都八十分，他們就要輸給我PS4遊戲片三片，我已經答應他們了。」

「你覺得很值得？」

「很值得啊，成績考得好不好不就那樣？遊戲片卻可以保存很久。」王其均不以為然地聳聳肩，「所以綠茵那種學業成績與家世背景至上的高中，不適合我這種隨心所欲的人啊！」

「河東就適合了嗎？河東校風嚴謹又傳統。」

「河東的校園很美呀！」王其均眼睛發亮，像是忽然想到什麼似地，「對了，妳一定沒有仔細看過河東吧，我帶妳去看看吧！」

「我不想。」

「啊，不然當作獎勵好了，如果妳期中考試能全部滿分，那我就帶妳去探索河東之美。」

「你剛才沒聽到我說我不想嗎？」

「那些地方美到妳會覺得還好沒考上綠茵喔！」王其均對我眨眼，還豎起拇指。

他自說自話，並不理會我的想法。

我並不期待河東的校園有多美麗，但我的確產生了想要挑戰全部滿分的想法。

十五歲的十月二十日　顧湘庭

除了王其均，顧湘庭也是個奇怪的人，她每天都笑嘻嘻地，好像沒有煩惱一樣，跟每個人都可以聊得起來。

「欸欸，妳知道嗎？阿景好像被隔壁班的女生拒絕了耶。」她邊說邊偷笑，每次說人八卦都非常正大光明。

「顧湘庭，妳要講我八卦，也先注意一下我有沒有在場吧！」阿景怪叫。

「哈哈，我就是故意要讓你聽見啊。」顧湘庭俏皮地轉動眼珠，嘿嘿笑了兩聲，「不然你一直愁眉苦臉的，會影響我念書的心情啦！」

「念書的心情？妳的成績才爛到影響我智商發展勒！」阿景回嘴，然後看向王其均說：「你這怪物，這次也有辦法做到嗎？」

「爲了三片遊戲片，我會做到。」王其均露出微笑。

「要不要也跟我賭？我可以全部考零分喔！」

顧湘庭神情認眞，不像是在開玩笑，這反而讓阿景敬謝不敏。

「太可怕了，無法。」阿景嘆氣，「妳好好注意成績，好嗎？」

「眞是小氣。」顧湘庭改挽起我的手，「心岑，那妳要跟我打賭嗎？」

「不要。」

「就賭一杯飲料好了，賭我可以考進校排名前十名？」

這個班上的人還聽不聽人說話？

我看過顧湘庭的成績，她連班排前十都很困難了，何況是全校前十名，所以我並沒搭理她。

十五歲的十月二十五日　顧湘庭好吵

我不知道顧湘庭是忘記打賭這件事，或是只是隨口說說，雖然我也不打算當眞，不過見到她今天興高采烈地約我放學後去吃冰，我就覺得應該提醒她。

「我很認眞啊，看不出來嗎？」沒想到她一臉無辜，「我看起來很不認眞嗎？」

「是的，沒錯。」不曉得爲什麼，王其均也湊過來了。

「唉唷，念書很重要，但是吃冰也很重要啊，吃飽喝足是人生最幸福的事了。」顧湘庭眉開眼笑，邊搖晃著我的手，嘴裡還邊哼歌，「我最近發現一間新開的店，很推薦抹茶口味喔。」

「妳都沒有煩惱嗎？」我不自覺地開口。

王其均以帶著玩味的目光看向我，而顧湘庭則摸著下巴陷入沉思。

「有啊，例如晚餐要吃什麼，零用錢不夠用，以及校慶要表演什麼節目，啊，還有鄰居的狗最近看到我就狂吠，每次都嚇到我。」

這些微不足道的煩惱是什麼？

我的表情大概顯露出我心中所想，王其均哈哈大笑。

「啊，我知道這些都是小煩惱，只爲了小事情而煩惱，就是一種幸福。」顧湘庭噘起嘴巴，「如果妳見過終日躺在病床上，吃喝拉撒都只能仰賴機器與看護照顧的病人，就會覺得還能依照自己意識行動的我們很幸福了。」

王其均吹了聲響亮的口哨，表示贊同，還說人唯有失去以後，才懂得擁有時的可貴。

顧湘庭的話令我心念一動。

所以好手好腳的我，卻一心想死，是一件錯事？

是一件不知足的事？

當我的死亡消息出現在新聞一隅時，是否不相干的路人都會說上一句：「她的抗壓性太低了。」

批評我不懂得珍惜，批評我傷害了最愛我的人，批評我自私，批評我連自殺都敢了，爲什麼不敢去面對生活中的難題？

連我自己都不知道，爲什麼我會想死。

我只是終日覺得痛苦，覺得自己連呼吸都是在掙扎。

附註：那家冰店是眞的還滿好吃的，但我希望顧湘庭可以安靜些。

十五歲的十一月八日　考試

考題，意外地很簡單。

十五歲的十一月九日　考試

王其均寫到一半就趴在桌上睡著了。

今天的考題依舊很簡單。

十五歲的十一月十三日　地震插曲

今天下午發生了不小的地震，全班有一半以上的同學驚慌失措，有人想要逃出教室，有人躲在桌子底下，連老師都有些慌亂，而我不慌不忙地坐在位子上繼續抄寫黑板上的筆記。

王其均滿臉不可思議地問我：「褚心岑，妳不怕啊？」

「地震有什麼好怕的？」我不以爲然。

天崩地裂，比得上我心裡持續不斷的煎熬嗎？

十五歲的十一月十五日　成績

王其均眞的是一個怪咖，或者稱他怪物也行。

他每一科還眞的都只拿八十分，到底是怎麼辦到的？把成績玩弄於股掌之間。

阿景他們幾個既佩服又心痛，小胖甚至哭了，說他爲了買遊戲片給王其均，接下來好幾個禮拜不能吃早餐了。

但眼淚無法讓王其均放小胖一馬，他臉上掛著親切的微笑，不疾不徐地宣布他想要哪三款遊戲，我上網查了一下價格，忍不住搖頭，他還眞是獅子大開口。

顧湘庭的成績則全部都是八十五分起跳，她笑嘻嘻說她想要喝某家飲料店的隱藏版豪華飲料，我並沒有跟她賭呀，不過瞧她笑得花枝亂顫的模樣，我也不禁微笑。

放學後，我和顧湘庭兩個人在飲料店坐了很久，聊了很多事，大多時候都是她在講我在聽，具體內容是什麼我記不清楚了，只覺得心情是輕鬆的、開心的。

期間她好幾次握住我的手，始終注視著我的雙眼，她全身散發出一股眞摯溫柔的氣息，像是初春的暖風一樣。

「如果說世界是一片沙漠，那我一定要當唯一一朵花。」

不知道爲什麼，我記得顧湘庭講了這句話。

喔，對了，我每一科都考了一百分。

老師爲此把我叫去辦公室勉勵我，她看起來很開心，還問我對綠茵高中有什麼想法，我說綠茵是我的第一志願，可惜沒考上，而這句話恰巧被進來搬作業的王其均聽見了，他看著我的眼神很奇怪。

回家後，我告訴媽媽我期中考每科都滿分，她歡喜得呼天搶地，簡直分不清楚到底是死了親人，還是她真的很高興。

她馬上打電話給爸爸報告這件事，但爸爸只回了一句妹妹生病發燒，他要忙著照顧她。

然後媽媽的心情就不好了，她要我回房間，這下子，她真的哭得呼天搶地了。

十五歲的十一月二十一日　河東高中的王其均

「褚心岑，妳記得我答應妳的事吧？」當我進到教室坐下，王其均便轉過身與我攀談。

他見我不說話，立刻眨著眼睛，兩隻手在胸前圈起一個愛心：「河東之美。」

「我不在意。」

「不，這是妳的獎勵啊！」他根本不理會我的拒絕，逕自握住我的手腕，拖著我起身。

「我不要……」

我話都沒說完，就被他拉出教室。

他一邊在校園快步走著，嘴裡一邊滔滔不絕地介紹：左邊是視聽教室、右邊是操場、前面是二年級教室等……

住。

「這些我都知道，不需要你特意告訴我好嗎？」

聽到我的抗議之後，王其均這個白痴居然放聲大笑。

「什麼河東之美，是不是只是你隨便說說？」我狐疑道。

「所以妳果然還是期待的呀！」

他倏地停下腳步，驚奇地轉過身看我，而我差點整個人撞到他身上，好在即時煞住。

「並沒有。」

「河東本來就很美，校園建築歷史悠久，書香氣息濃厚，這些我都很喜歡，但我所說的河東之美，並不是這些，而是……」他神祕一笑，步上走廊底端的樓梯，並對我勾勾手指。

我猶豫了一下，便邁步跟上。

「河東的美，在於它讓妳看到什麼。」王其均推開通往頂樓的安全門。

光線從門外透進陰暗的樓梯間，我情不自禁瞇起眼睛，一陣沁涼的微風吹來，清香的氣息夾雜在風裡。

「這個地方……是大家都可以來的嗎？」等眼睛適應光線之後，我看著眼前的景象微微發愣。

這是我第一次來到頂樓，這裡種植了許多百合花，淡雅的香味滿溢整個空間。

「不是，但也沒有明文禁止，算是一個祕密天地吧。」王其均指向前方，「妳看那兩根半弧形的水泥柱，不覺得很像眼睛嗎？」

是有一點。

「我把那兩根水泥柱叫作河東之眼。」他往前走去，站在兩根柱子的中間，對我招手，「過來看看。」

我依言走過去，鼻間嗅聞到的百合香氣更濃郁了。

儘管這棟校舍建築不算高，不過勝在位置角度好，觸目所及是一片城市風光，不僅能看見遠方蜿蜒的河，還能看見河上的橋墩與附近聳立的摩天輪。

「妳瞧那個。」王其均站在我身後，指向前方不遠處，「那是綠茵高中。」

我睜圓了眼睛，「這麼小？」

可是網路上的資料都說綠茵高中很大啊。

「不，綠茵其實校地廣闊，只是從河東之眼看出去，它不過就是一塊方寸之地。」

我愣愣地望著那處我一直想要去的地方，綠茵高中。

「我之所以放棄綠茵，是因爲我母親是河東畢業的。」他悠悠地開口，「這座花園裡的百合花，是她在學期間親手種植的，也因爲如此，我才能被允許進來。我記得自己很小的時候，我母親偶爾會帶我來這裡，她就抱著我站在妳現在的位置。」

他說話的口吻帶著明顯的懷念。

「你媽媽……」我輕聲說，沒把完整的問句說完。

他點點頭，眼神並沒有感傷，只有著一絲落寞：「她過世了。」

「你放棄綠茵，是因爲你媽媽的緣故，但我想去綠茵。」我毫不掩飾自己的心願，

「你也說過我適合綠茵。」

「綠茵生病了，那是一所生病的高中。」王其均緩緩說道：「崇尚金錢、崇尚權力、崇尚現實主義，這難道不是一種病態嗎？」

「你的意思是說，我看起來也像是崇尚金錢權勢的人嗎？」所以才說我適合綠茵。

「不是，妳看起來像是對任何事情都不在乎，卻又不像眞的不在乎。」他搖搖頭，

「我說不上來，不過妳想去綠茵，不是爲了追求什麼良好的師資環境與教學資源吧？」

的確不是，但我何必對他說明，於是我目視前方，不再說話。

「我母親有憂鬱症，她是自殺的。」他忽然說起自身的事，「我們一直等到她去世之後，才知道她有憂鬱症。」

「我沒有憂鬱症。」我想也沒想便回。

「我沒說妳有，只是想跟妳說，如果妳有任何想說的話，都可以跟我講。」

我爲什麼要跟你講？你是我的誰？你又懂我什麼？我跟你講又能得到什麼？能有什麼改變嗎？

然而這些質問我都沒說出口，因爲沒有說出口的必要。

我們靜靜地站在原地，透過河東之眼，看向我想抵達的地方。

我的死亡之處。

我對綠茵的憧憬，不是因爲它的美，而是源自於孩提時代以來的扭曲情感。

十五歲的十一月二十六日　轉折

那天老師曾經問我，對綠茵高中有什麼想法，老師今天告訴我原因了。綠茵高中將開放交換學生制度，也就是說，我有機會可以進去綠茵了。

當我知道這個消息的時候，我渾身打顫，也許是爲了我所執著的心願終於得以實現，而情不自禁感到開心。

我撫摸自己的手腕，幻想著當我滿十八歲的那一天，我將要在那片美麗的草原自殺。

爲此我忍不住眼淚潰堤，我躲進廁所哭了一陣子，又笑了一陣子。

我又哭又笑地，對於未來，我唯一看見的，只有躺在血泊中的自己。

十五歲的十一月二十七日　天氣很好

我坐在河東之眼，靜靜眺望著綠茵高中。

總覺得待在這個地方可以使我心情平靜，內心的哭喊吼叫好像都暫時靜音了。

王其均不知何時也出現在我身邊，他雙手插在口袋，跟著我一起眺望遠方，我們什麼話都沒說，但我覺得很平靜。

十五歲的十一月二十八日　謊話

王其均今天問我，還想去綠茵高中嗎？

我搖頭，我們今天依然來到了河東之眼。

他淺笑，不知道爲什麼，他這樣高興讓我有點小難受。

我早就提出交換學生的申請了，我要去綠茵高中。

十五歲的十一月二十九日　河東高中的王其均

王其均不知道從哪兒聽到的消息，他氣憤地來到河東之眼找我理論。

「妳爲什麼要騙我說妳不打算去綠茵高中了？」

「我沒必要跟你說眞話，況且就算對你說謊又如何？」我淡淡地回。

他冷不防抓住我的肩膀，「褚心岑！妳、妳不能這樣子！」

「幹麼啦！」

我用力推開他，他馬上又抓住我的手臂，力道不容忽視，而我對上他近乎是惱怒的雙眼。

「妳不能去綠茵，綠茵生病了，綠茵會讓妳、讓妳更不好。」

「更不好？你是在拐著彎說我生病了是嗎？」我冷笑，「上次你告訴我你媽媽的事，就是想暗示我得了憂鬱症是吧？」

「我不是……」他驚慌地瞠大了眼睛，隨即目光堅定地看著我，「我不是說妳得了憂鬱症，可是我覺得妳有點奇怪，妳應該要去看醫生！」

「我不需要看醫生！」我想要掙脫他的箝制。

「世界是很美好的，人生本來就會有挫折，只要努力一點、加油一點，只要……」

「王其均，」我喊了他的名字，對他微笑，「希望你從來沒有對你罹患憂鬱症的媽媽說過類似的話。」

他愣住，牙齒開始打顫。

我最不需要的，就是告訴我世界有多美好。

不需要告訴我人生本來就有挫折。

不要叫我努力、不要對我說加油。

補充：我將對王其均的氣憤發洩在那本假日記裡，用另一種方式。

十五歲的十二月三日　無

「我眞的很抱歉，我不是故意那麼說的。」

底透出堅毅，「我和妳去綠茵。」

十五歲的一月一日　陰天

王其均昨天……嚴格說起來是今天，他說的話好像是認眞的。

我會這麼認爲，是因爲我傳訊祝福老師新年快樂，順便謝謝她願意推薦我去綠茵高中，老師回訊息的時候，不經意地提起，她還要再爲一位學生提出申請。

於是我問王其均，他給予我肯定的回覆。

「和妳一起去那個充滿臭銅味的地方，或許很値得。」

但綠茵哪是什麼說要去就能去的地方。

王其均爲什麼要這麼做？

十五歲的一月四日　？

我錯了，如果王其均想去綠茵，他就眞的可以去。

畢竟王其均曾經考上綠茵，只是後來選擇了河東，如今王其均主動提出想去綠茵當交換學生，綠茵當然求之不得。

只是王其均之前在河東的考試成績都因爲肆意打賭而亂七八糟，所以綠茵要測試他的成績是否仍能保持過往的優秀，快遞寄來了一份試題。

對此老師頗有微辭，埋怨那些題目擺明了是刻意刁難，王其均倒是眉頭皺也不皺地全數在時間內完成了，我不知道他這份試卷拿到幾分，不過下午老師就接到綠茵打來的電話，說願意破例多收王其均這位學生。

這件事目前只有我、王其均和老師知道，還不能公布，以免有更多學生仿效，這是綠茵開出來的條件。

十五歲的一月十八日　鬆懈

太多天忘記寫日記了。

縱然即將和王其均一同去綠茵當交換學生，我們之間的相處模式也並未有任何改變，我一樣每天都會去河東之眼眺望遠方風景，王其均也一樣會安靜地陪在我旁邊。

顧湘庭發現我們時常下課會一起不見，我和王其均都沒解釋，原本以為八卦的顧湘庭會向其他人說起，但她沒有，這滿令我訝異的。

顧湘庭還是很愛來找我講話，她什麼話題都能聊得很開心，好似一個永遠興高采烈的小孩子。

可是當她溫暖的手輕輕蓋在我的手上時，我又覺得她其實是個超齡的大姊姊。

十五歲的一月十九日　無

爸爸眞是噁心至極。

當媽媽告訴他，我確定下學期就要去綠茵當交換學生後，爸爸帶著那一對與我同父異母的兄妹來到我們家，接著帶我們一同去高級餐廳吃飯。從外人眼中看來，我們就是和樂融融的一家人。

餐後，他掏出了一份早就準備好的禮物給我。

「你們都要好好學學心岑姊姊，考上綠茵高中。」他先是朝自己十二歲的兒子說，隨後又摸摸三歲女兒的頭。

男孩表情明顯不屑一顧，始終用冷眼看著我。

「妳們母女還眞是想盡辦法用各種名目讓爸過來啊。」

從餐廳回到家裡，爸媽在客廳看電視，我以念書爲由，先行回到房裡，那個男孩卻跟了過來。

「那個人已經是別人的爸爸，我從不曾盼望他再來我家。」我對於那男孩擅自闖入我的房間，又說出如此挑釁的話語而感到不悅。

「少來了，我們都知道，爸只是對妳們母女心懷愧疚。說老實話，妳們根本一直在利用爸的愧疚，說什麼法院規定要爸每月抽出一定時間陪伴妳這個女兒，然後要我媽去承擔那些寂寞，我們可不是做善事的好嗎？」

我聽不懂他的意思，爸爲什麼要心懷愧疚？離婚是他和媽兩方都同意的，他們本來就感情不睦，這也讓我更加不懂，爲何離婚之後，他們還要繼續維持這樣畸形的關係？

那男孩見我一副狀況外的樣子，再次嗤笑了聲：「怎樣？裝傻裝到底嗎？爸跟我們說過，要不是因爲離婚後才發現妳媽因此而墮胎，而且還是雙胞胎，他覺得對不起妳媽，否則他根本不會理睬妳媽的無病呻吟。」

我剛剛聽到了什麼？

爲什麼這件事我完全不知道？爲什麼外人反而對此一清二楚？

「夠了吧，都這麼多年了，爸欠妳們的也早該還完了吧？」男孩嫌棄地環顧我的房間，「跟妳們母女牽扯在一起，誰都會變得不幸。」

他的話毫無意義，也絲毫不能影響我。

不過他最後那句話卻久久迴盪在我心中。

「跟妳們母女牽扯在一起，誰都會變得不幸。」

十五歲的一月二十日　無

我問媽是不是墮胎過。

她笑了笑：「那不是眞的。」

她說，爲了博取男人的愧疚，進而取得經濟上的援助，她什麼謊言都編得出來。

原來噁心的不是我爸爸，而是我的媽媽。

而我該死的就是需要這些經濟援助。

是不是不需要等到十八歲，我現在就可以死了？

我拿著刀片坐在書桌前，就要朝手腕割下去的時候，卻聽見媽媽的哭聲從房門外傳來。

她說的哪些話是眞的、哪些話是假的？她的眼淚又是眞是假？

我媽媽一定也生病了，我們都生病了，誰跟我們牽扯上都會不幸。

我想起河東之眼，想起王其均。

我不想要他不幸。

十五歲的一月二十三日　說服王其均

我要他別跟著我去綠茵了，但王其均說他都準備好了。

「你要去那裡做什麼？」

「我去陪著妳。」

「你不需要陪著我。」我頓了頓，「如果你這麼做是出自於對你媽的愧疚感，那很沒有必要，不要將你媽媽的影子投射在我身上。」

「我不是……」他自己都答得有些猶豫。

沒有發現自己的媽媽長期受憂鬱症所苦，直到她自殺身亡後才知情，這件事大概是他心中一根無法移除的刺，所以當他看穿了我心中的黑暗，才會積極想要幫助我。

但他能幫什麼？半調子的幫助只會讓我更痛苦，更加提醒我自己的異於常人。

「妳不要想太多，有時候，是自己自尋煩惱……」王其均盡其所能地想開導我。

可他所說的每一句話，都在在令我痛苦不已。

我只是輕笑，笑著囑咐他，沒必要陪我去綠茵。

我想一個人。

不給任何人添麻煩。

十五歲的一月二十四日　繼續說服王其均

他跟我說，綠茵用的課本和河東不一樣，又說他跟綠茵的朋友借了考題，發現他只能考九十分。

九十分已經很厲害了。

「我說了你不要跟我一起去綠茵。」

「爲什麼？」他疑惑。

「你是我的負擔。」跟著我你也會不幸的。

看！你那受傷的表情，你那擔憂的眼神，你那在我身上找尋媽媽影子的期盼，你想要我被治癒，彷彿只要看見我露出眞正的笑容，就等於解救了你的媽媽。

但，我不要。

我不想被治癒。

今天我忍不住了，沒來由地，當我單獨待在房間的時候，忽然大哭起來。

我衝去媽媽的房間，問她爲什麼要這麼做，要她放棄爸爸的援助。媽媽卻朝我怒吼：「我都是爲了妳好！我是爲了妳！不然妳哪來的學費？妳要吃什麼？妳哪來的零用錢？」

「不要說是爲我好！」

「就是爲妳好，也是爲了我自己好！這有什麼不對？他是妳爸，他本來就要分擔妳的養育費用，我一個月賺多少錢？難道妳要我再去賣？如果一樣都是賣，我爲什麼不賣給妳爸？」

所以一切都是我的錯？這些不幸、這些痛苦，都是因爲我的存在？

從以前就是這樣，我的存在，在還沒出生前就給媽媽添麻煩，直到現在也是，只要我還活著，是不是就會一直給人添麻煩？

「妳想要我死嗎？」我哭著問。

「妳現在死，別人會怎麼說我？」媽媽反問。

這些痛苦、絕望與焦慮彷彿永無止盡。

我看不到出口，看不到光芒，所有的一切都像是黑暗襲來，遮住我的雙眼。

十五歲的二月一日　再見，王其均

我把王其均約到了河東之眼，告訴他我的計畫，毫無保留。

他聽完掉下眼淚，隨即上前擁抱我。

我知道，現在我應該要開心，應該要感到溫暖，應該要接受他的好意。

可是我選擇了推開他。

「我去綠茵高中的目的是自殺。」

「妳不能那麼做，我會陪著妳，直到妳……」

「直到我痊癒？直到我沒事？你要怎麼做？拉著我去看醫生？」

「妳總該要看醫生的，不然……不然我不知道我能做什麼。」他慌張地說。

「不要跟我去綠茵。」我語氣嚴厲。

「妳告訴我妳想去那裡自殺，我怎麼可能不跟妳去？」他大吼，「我要一直看著妳，以防妳做傻事啊！」

「你打算時時刻刻監視我，讓我像是在坐牢一樣？讓我的心更加痛苦？」

「我、我不是那個意思。」他睜圓了眼睛。

於是，我決定對他說謊。

我忽然想起顧湘庭曾說過的那句話。

「如果說世界是一片沙漠，那我一定要當唯一一朵花。」

這個世界，是一片沙漠，而我是流沙，將吞噬掉所有靠近我的事物。

王其均是世界唯一一朵花，我不想傷害的花。

「只要你不來，我答應你，我會活下去。」我輕聲說，「我會好好活下去，然後找尋幫助，只要你不要在我身邊，不要監視我。」

「怎麼、妳怎麼這……」他踉蹌往後退了幾步，握緊雙拳，看著我的眼睛裡有著驚愕、惶恐與不確定，「妳發誓？」

「我用生命發誓。」

「妳不會傷害自己，會試著找尋幫助，只要我不在妳身邊打轉？」

「對，我答應你。」我努力地，扯出一個微笑。

王其均也艱難地回我一個微笑，「我答應妳，只要妳活著……我怎樣都願意。」

「謝謝你。」我誠摯地說。

「妳不要自殺，那不能解決問題。」王其均眼眶發紅，他是眞的在爲我擔心，我能感受得到。

可是……當他開導我、勸慰我的時候，有眞的設身處地站在我的立場想過嗎？他有辦法讓我馬上脫離痛苦嗎？

他不能理解我時常沒來由地爆出尖叫與痛哭，而下一秒又像沒事人一樣，繼續念書、考試、與旁人說話。

我不想再痛苦下去了，如果可以，我現在就想從這裡跳下去。

但是我不能給媽媽添麻煩，不能給河東添麻煩，我不能讓王其均目睹我的死亡。

自殺，能解決問題的，起碼能解救我於無時無刻的痛苦漩渦之中。

「我不會自殺的。」我再次保證，給王其均一個根本不存在我心中的希望。

再見了，王其均。

我會在你討厭的綠茵，結束我的生命，與痛苦。

我鼻子一酸，孫楊那些看似是喜歡我的表現，是眞的喜歡我，還是他喜歡的其實是褚心岑，或者是出於對褚心岑的愧疚？

沒有尋思太久，我很快振作起來，要知道眞相我直接問他不就好了？

我闔上日記本，趕緊去卸妝洗澡，告訴自己明天又是新的一天。

#

我又久違地站在這片湖面上，四周依然是一望無際的黑暗，只有頭頂上有著微微的光亮。

很快地，我再次見到在湖面之下的褚心岑。

「褚心岑，妳生病了，所以才想用自殺尋求解脫，對吧？」

她對我的話沒有任何反應，靜靜地看著我。

「爲什麼妳口口聲聲說要在十八歲那天死在綠茵草原上，卻一直到了二十歲才在家裡燒炭自殺呢？」

她依舊只是凝望著我。

「因爲在綠茵發生了預料之外的事，是吧？」

兩行淚水緩緩沿著她蒼白的面頰淌落。

「妳現在還是很痛苦嗎？妳還沒解脫嗎？」

她雙唇一張一闔，但我還是聽不到任何聲音。

「我可以繼續探究下去對吧？我要知道妳所有的一切。」我吞了口唾沫，「然後我要把妳的一切都搶過來，我同情妳，但唯有妳徹底死去，才能成就我的人生。」

如此殘忍的話語，卻讓褚心岑笑了，她伸手指向前方，我抬頭往她指的地方看去，遠處那片無窮盡的黑暗之中，終於出現了不一樣的畫面。

那是河東之眼，以及站在那雙眼睛中間的兩個高中生。

兩人身穿河東高中的制服，背對著我看向前方。

「妳終於願意分享妳的記憶片段給我了嗎？」我輕輕一笑，正準備往前走去，那畫面卻倏地消失，取而代之的是一條長廊，長廊上站著一個男孩。

他身穿綠茵高中的制服，眼底盡是憤怒，一瞬也不瞬地凝視著我。

「妳和言奇栩之間發生過什麼事？」我低聲問，而眼前的畫面再次消失。

當我睜開眼睛，手機設定的鬧鐘也正巧響起，窗外已然天亮。

我看著放在床頭櫃上的暗紅封皮日記本，褚心岑和言奇栩的過去勢必都記錄在裡面，但在這之前，我想先釐清孫楊的事。

趕緊起身梳洗，換上套裝出門，還不忘買了杯咖啡。

我思索著等一下面對孫楊時，我要用什麼樣的表情，我該怎麼告訴他我知道眞相了？我要找什麼時間點告訴他？他會有什麼反應？

萬一……他其實殷殷期盼著褚心岑的甦醒，他對我的溫柔體貼都是爲了褚心岑，那我又算什麼？他如果知道其實我想抹殺褚心岑的存在，會怎麼想？

然而這一切的擔憂都在見到孫楊帶著笑容出現的那一瞬間消失無蹤，我看著他與同事一一道早，似是漫不經心地走到我身旁。

「妳眼睛腫腫的。」他指著自己的眼睛上緣。

「昨晚沒睡好。」我聳聳肩，微微扯動嘴角。

「哈，妳該不會等一下趁著跑外務的時候，偷偷回家睡回籠覺吧？」

「你會有這種想法，是不是表示你以前曾經這麼做過？」

他故意裝出驚訝的表情，擠眉弄眼地說：「不要告訴別人喔。」

孫楊和褚心岑在日記中所敘述的王其均，很不一樣。

但依稀有些相似之處。

我深吸一口氣，覺得就是現在了，於是便說：「下午我不會回家睡覺，但我要你陪我去一個地方。」

想不到我會提出這樣的要求，孫楊誇張地睜圓眼睛，把手放在耳朵旁邊打趣道：「去哪裡？妳說說看？」

「河東之眼。」

孫楊渾身僵住，面色全變，眼中流露出詫異、驚慌與不敢置信。

看來他的確認識真正的褚心岑。

「妳……妳想起……」他的聲音略微顫抖。

「沒有。」我搖頭，見他這副失措的模樣，覺得有點好笑，「要去嗎？」

「現在就去。」他正色說完，立刻拉著我的手腕往外走。

「今天畢姊要開會耶！」我趕緊阻止他。

孫楊面部線條緊繃，雙唇抿得緊緊的，腳步絲毫未停，賴名慧見狀也跟著提醒今天要報告業績，會議不能缺席，孫楊卻完全置若罔聞。

「欸！怎麼回事？你們去哪兒啊？」電梯門打開，畢姊和啓祥哥正巧從電梯裡出來。

「我們有事暫時離開一下。」孫楊說完就推著我進電梯，在門關上以前，我聽見辦公室裡歡騰一片的喧鬧聲。

「唉唷！青春啊！」

「辦公室情侶要誕生了嗎？」

「好像回到學生時代喔！」

最後畢姊大吼：「青春個頭！都幾歲了！」

我沒有經歷過青春，也不知道學生時代的光景是什麼模樣。

我想此刻，我就像青春電影裡被男主角從教室帶出去的女主角一樣。對我來說，孫楊的確是我的男主角，那麼孫楊的女主角，會是我嗎？

他攔了輛計程車，報出河東高中的地址。直到快抵達目的地時，我才驀然想起，現在是上課時間，我們要怎麼進去學校？

站在校門口，孫楊打了通電話，只見大腹便便的李教官緩步走出來，眉頭微蹙。

「欸，你不能這樣濫用特權，說好了只有假日才能進校園，怎麼現在平日……」李教官在看見我的時候止聲，像是認出了我，「妳是上次和王其均一起來參加校慶活動的女孩，對吧？」

「教官，就是她。」孫楊也沒想再隱瞞自己的身分了，「我要帶她上去。」

「王其均，這是怎麼一回事啊？」

李教官有些詫異，似乎想要走向我，孫楊卻迅速擋在我身前，兩人低聲交談了一陣。

隨後李教官轉身朝警衛說了幾句話，便領著我們走進校門。

這一次來，與上次校慶的氛圍很不一樣，沒了熱鬧的嘻笑，取而代之的是老師抑揚頓挫的教課聲，以及學生琅琅的讀書聲，讓人心情奇妙地平靜下來。

河東與綠茵，兩所高中各自有各自的美麗，我不知道看在褚心岑眼中如何，但在我眼中，兩所學校都很美。

「結束以後聯絡我。」李教官在一座樓梯前停下。

「好。」

孫楊說完，便率先走上樓梯，而李教官側頭看我，露出一抹溫暖的微笑。

李教官是不是也知道什麼？

我察覺到有人正注視著我，抬頭望去，孫楊站在樓梯上等著我。

孫楊，就是王其均，李教官剛才就是這麼叫他的。

我抬起右腳踩上第一階樓梯，十年前，學生時代的褚心岑與王其均曾多次一同去過河東之眼，如今，我將走過褚心岑走過的路。

「王其均。」我喊了他的名字，而前方的孫楊微微笑了，笑容悲傷。

他推開門，果然如褚心岑日記所形容，一股清香的氣息隨著風飄散過來，河東之眼被一片開得正好的百合花包圍。

我和他一前一後走到兩根水泥柱之間，往遠處眺望，我看見了綠茵高中，以及遠處的河堤與摩天輪。

「這裡好漂亮。」我由衷地說，不自覺掉下眼淚。褚心岑曾經和王其均站在這裡，看著同一片天空。

「妳……怎麼知道的？」他目光悽楚。

「我找到褚心岑的日記。而你又是怎麼知道的?」我想我的眼底也流露出了悲傷吧，孫楊看著我的眼睛逐漸泛紅。

「在她自殺的那一天，我就知道了……」

在這一刻，我感謝孫楊，因爲他使用的主詞是「她」，而不是「妳」。

這表示，他知道我與褚心岑，是不同的人。

「我一直都有請綠茵的朋友定時向我回報褚心岑的近況，我也曾經好幾次跑去綠茵查看，見到褚心岑笑著和一群人走在一塊兒，我天眞地以爲她眞的好了。後來綠茵的朋友又說，褚心岑和綠茵最醒目的男生往來密切，雖然我有些悵然，但如果她有了交往的對象，表示她在情感上有了寄託，這樣一想，我就覺得她離開河東去綠茵是好事，我沒跟著去也是好事。」孫楊扯了扯嘴角，「但我還是膽顫心驚地等到她滿十八歲，聽聞她高中順利畢業，還和朋友結伴去花東旅行，我才眞正安心了。」

我默默地注視著孫楊的嘴角垂下，眉間浮現痛苦的皺褶，他抬手遮住自己的臉，像是不想讓我看見他的表情。

「直到我看見奄奄一息的褚心岑。」

孫楊告訴我，他曾經以爲自己算是解救了褚心岑，便也逐漸放下母親逝去的傷痛，而爲了紀念死去的母親，他在父親的同意下，改隨母親姓孫，並且以外婆的姓氏爲名，成爲了孫楊。

對他來說，孫楊是一個新的開始，然而在改名之後沒多久，他騎車與公車發生擦撞，雖然沒有大礙，但緊張的司機仍堅持要送他去醫院，當他待在急診室裡的時候，聽見外頭傳來刺耳的救護車鈴聲，從救護車上推下來的病患居然是褚心岑。

孫楊從來就沒有忘記過褚心岑，所以他一眼就認出她了。

「病患燒炭自殺，昏迷指數三，快請醫生過來！」護理師大喊，一個中年女人跟在病床邊痛哭失聲。

在這個瞬間，他只覺得天旋地轉，雙腳自動跑向病床邊，卻立即被護理人員拉開，昏迷不醒的褚心岑被推入病房進行緊急救治，而他與褚月存被擋在門外。

褚月存不斷哭哭啼啼，在孫楊的追問之下，兩人總算拼湊出事情的來龍去脈。

孫楊這才知道原來褚心岑並沒有去念大學，關在家裡足不出戶兩年，最後於今天，也就是褚心岑的生日當天，在房間燒炭自殺。

褚月存從孫楊口中得知褚心岑一直都不快樂，她回家仔細翻找褚心岑的房間，終於發現那本眞正的日記。

看完之後，她幾乎陷入崩潰，無法相信自己竟逐漸把女兒逼往絕境。

幸好褚心岑被搶救了回來，然而接踵而來的卻是一連串意料之外的打擊，褚心岑變得不再是褚心岑了。

孫楊每天都去病房探視褚心岑，但她已經不認識他了，甚至連一個眼神都不肯施捨給孫楊，只是用嫌棄的目光看著痛哭的褚月存。

他無法理解，褚心岑明明應該變好了，怎麼還是走上了自殺這條路？

於是他開始閱讀大量關於憂鬱症的書籍，發現自己當年所說的每一句話，都猶如利刃般刺在褚心岑的心上。他，也是把褚心岑逼上絕路的兇手之一。

「褚心岑，對不起，對不起……」他跪坐在褚心岑的病床邊失聲痛哭，但褚心岑大多數時間皆熟睡不醒，對外界毫無反應。

「孫楊，」褚月存顫巍巍地將手按在孫楊的肩上，十指枯瘦，「你現在……有時間嗎？」

褚月存帶著孫楊來到精神科的門診，與他們會面的是一位曾姓醫生，根據他的說法，褚心岑如今的狀況是產生了第二個人格

「她大概一直都過得很痛苦，才會想選擇一勞永逸的方式來擺脫痛苦，儘管性命被挽救回來，但她心理上卻不想再面對這個世界，所以生出了第二個人格，這是她保護自己的方式。」曾醫生娓娓道來。

「為什麼會這樣？她為什麼會把自己逼到這種境界？為什麼……」

「褚小姐，由於沒有見過原本的心岑，有些事情我無法斷言，但倘若她確實患有憂鬱症，病人內心的痛苦不是外人能依常理想像的。」

曾醫生解釋，一般人會有喜怒哀樂等情緒，是因爲大腦會分泌各種神經傳導物質所致，而時間一到就會停止分泌，因此人不會一直處在同一種情緒裡，也就是不會一直開心得想笑，也不會一直難過得想哭。

憂鬱症患者的神經傳導物質分泌機制卻出了問題，不僅大幅降低分泌正面情緒的神經傳導物質，甚至還持續分泌負面情緒的神經傳導物質，讓患者完全感受不到任何正面的情緒，儘管理智上知道發生了某件好事，應該爲此感到開心，但他們只能感受到深切的焦慮、痛苦與絕望。

這與患者的想法是否悲觀沒有關係，很多時候，即便他們深知自己這樣的反應不對勁，卻完全無力改變。

「妳不能怪罪她選擇了自殺，當然我不是提倡自殺，但那不是她願意的，如果可以，她也許比任何人都想活下去。」曾醫生嚴肅地說。

褚月存的哭聲迴盪在診間裡。

「她產生了另一個人格，就是她想活下去的證明，她還活著，而且這個人格沒有憂鬱症，她能用另一種方式活下來。」

離開曾醫生的診間，孫楊的腳步變得無比沉重，而褚月存把那本暗紅色封皮的日記交給他。

「曾醫生說的那些……我不想理解，卻也能理解。心岑的日記裡充滿了痛苦，而我居然從未發現……我以爲給她不愁吃穿的生活就是對她好，她不曾體會過飢餓寒冷，不曾體驗過貧窮，不曾體會過爲了生存要如何踐踏自己，我以爲只要那樣就是對她好了……我那麼愛她，我愛我的女兒，不料她的心會因此生病……我到底做了什麼……我把自己的女兒逼上了絕路！」

「阿姨，妳不要這樣，我也做錯了……我要褚心岑保持正面思想，我要她別想太多，我告訴她世界很美麗……我沒想到那些話會更加……我想幫助她，卻害慘了她。」孫楊將那本日記推回去，「我不要看這本日記。阿姨，我仔細想過了，既然曾醫生說褚心岑的第二人格是她還想活下去的證明，那我們……就這樣和她一起活下去好嗎？」

「咦？」褚月存驚愕地看向孫楊。

「假裝不知道這本日記的存在，好好守護獲得新生的褚心岑。」他扶住褚月存的肩膀，告訴她這個瘋狂的想法，「不要用過去的事逼迫新生的褚心岑，她不該、也不能承受以前的褚心岑所遭遇的一切，請讓她自由自在地活著，讓她重新體會這個世界，讓她拋開過去那個痛苦悲傷的褚心岑！」

「那……」褚月存眼神茫然，「我原本的女兒呢？」

「就當她再也不會痛苦了。」孫楊艱難地說，努力撐起一個笑容。

褚月存痛哭失聲，卻也接受了這個提議。

聽完孫楊轉述的事情始末，我呆若木雞。

孫楊站在我面前，風吹拂起他細軟的髮絲，他眼角的淚痕沒有乾過。

「於是我們將那本日記藏回原處，除非妳自己主動想要找尋褚心岑的過去，除非妳主動！否則我和妳媽媽誰都不會說出來，那將是永遠的祕密。」

「所以……褚月存一直都知道？」我的聲音乾澀無比，「那她爲什麼要用那樣的態度對待我？」

「那是她給自己的懲罰，她無法原諒把女兒逼上死路的自己，唯有妳恨她，她才能好過一點，但是她每天都透過我暗中關心妳，也會告訴我妳的消息……就連妳找到那本眞正的日記，她也跟我說了，但一如我之前所言，除非妳主動問我，否則我什麼都不會透露。」

「你會進入富貴人壽保險工作也不是偶然？」

孫楊點頭，「是因爲妳。」

「你是因爲看了那本日記而覺得愧疚？出於愧疚感才跟著我？」

「我沒有看過那本日記，」他堅決地搖頭，「我覺得那是對褚心岑的尊重。但我知道自己做過什麼……我只是、只是想跟著妳，說我是出於愧疚也罷，我就是不能放任妳不管。」

我深吸一口氣，「站在你面前的，不是褚心岑，你沒必要愧疚。」

「我知道妳不是褚心岑，越是和妳來往，越是明白妳們之間的差異。」孫楊抹去淚水，「也許我是出於愧疚才跟在妳身邊，但我不是出於愧疚才特別在乎妳。」

我看向他，他目光誠懇，不像是在說謊。

「爲了不讓妳注意到我就是王其均，我把原先的臉書帳號刪去，直接用新名字申辦新的帳號，並且與河東的朋友都斷了聯絡。上次在麵店巧遇顧湘庭的時候，我非常擔心她會亂講話，才會馬上把她帶開。我從來就不想讓妳想起過去，妳是另一個人，一個全新的、完整的人。」

所以他才不想我出席綠茵校友會？因爲就連他也不清楚，褚心岑曾在綠茵經歷過什麼事，一旦我遇到過去在綠茵認識的朋友，情況極有可能會失控……

「你就這樣扼殺了褚心岑啊……」我不禁苦笑。

「我沒有扼殺她，唯有如此，她才不會再痛苦。」

「李教官也知情？」

「在我二十歲那年，我就告訴她了，她雖然是教官，卻更像是個輔導老師，時常耐心傾聽學生的煩惱。我不只一次想過，要是褚心岑高二還留在河東就好了，或是李教官早一年調職過來就好了，這樣或許能拯救褚心岑。」孫楊發紅的雙眼盯著我，朝我走近一步，「但是妳出現了，一直到後來深入了解妳之後，我的想法有了些轉變……我從來沒有將妳當成是她，我對妳的感情，和對褚心岑的感情不一樣……的確我是因爲褚心岑才靠近妳，但不是因爲褚心岑才喜歡妳。」

「褚心岑要是知道，你因爲她的死而生出了我這件事感到開心，一定會很難過。」我這句近乎挖苦的話讓孫楊臉色一僵，接著我抬手摀住臉，「可悲的是我和你有同樣的想法，要不是褚心岑自殺，我不會出現，也不會遇見你。」

孫楊沒多少遲疑，伸臂將我擁入懷中，他的懷抱好溫暖。

對不起，褚心岑，妳如此痛苦，痛苦到選擇自我了結生命。

但我卻慶幸妳的選擇，才能讓我誕生。

慶幸過去的妳，讓我遇見了孫楊。

我在孫楊的懷裡抬頭，看著眼前這個男人，我沒有他過往青澀少年的印象，卻將他成長爲男人後的樣貌刻印在內心深處。

「王其均，你已經不是王其均了。」我輕撫著他的臉。

「褚心岑，妳也不是褚心岑了。」他露出微笑。

再見了，王其均。

初次見面，孫楊。

對於孫楊這麼多年來的隱瞞，要釋懷並不困難，畢竟褚心岑也折磨他夠久了，他所做的一切是出於善意的溫柔，而我不需要讓自己一時的情緒成爲他新的負擔。

所以我們牽起了彼此的手，再自然不過。

辦公室的同事見到我們手牽著手回來，無不放聲尖叫，圍到我們身邊七嘴八舌，議論紛紛。

「想不到從學校畢業這麼久了，居然還能目睹如此熱血的青春戀曲。」

「你們讓我又相信眞愛了。」

「實在太感人了，那要不要請客？」

賴名慧似乎覺得很沒面子，下午便請假回家了。我以爲她會選擇辭職，沒想到隔天她依然神采奕奕地來上班，也沒有對我或孫楊表露出不悅，看樣子，她還是個懂得公私分明的聰明人。

「心岑！這邊這邊！」顧湘庭在對街用力向我揮手，聲音大得幾乎蓋過路上的車水馬龍，笑容燦爛。

「嘿，謝謝妳願意見——」

我小跑步過了馬路，一來到顧湘庭面前，她立刻給了我一個大大的擁抱，讓我有點手足無措。

「我好高興妳跟我聯絡。」她語氣眞摯，讓我不由得心中一暖。

之所以會約顧湘庭碰面，是因爲寫在褚心岑眞正那本日記裡的人名寥寥無幾，其中顧湘庭出現的頻率很高，而她也的確在意著褚心岑，因此我想親口告訴她，褚心岑不在了。

我們找了一間咖啡廳坐下，各自點好飲料之後，顧湘庭率先談起自己的近況，提到雖然她與河東高中的同學大多有互加臉書好友，卻很少聯絡。

「儘管臉書的目的是要讓人彼此更靠近，結果反倒離得更遠了，這是不是科技的反撲呢？」

「妳還眞容易感慨。」我不禁失笑，只見顧湘庭睜大眼睛，一臉新奇地看著我，我忍不住問：「怎麼了嗎？」

「沒有，我只是很訝異妳在笑耶。」

「笑？」

「以前妳雖然也會笑，不過都很冷淡，如果說笑容有溫度的話，以前妳的笑容大概是攝氏十五度，但妳剛才的笑容有人體恆溫三十七度呢！」她分別用手提拉起自己的嘴角兩端，「這樣很好，非常好！」

我再次給她一個微笑，以前的褚心岑不是吝嗇給予笑容，而是她無法眞正地打從內心笑出來，那不能怪她。

「以前妳跟我說過一句話，不知道妳記不記得。」那句話是我在褚心岑的日記裡看到的，「如果說世界是一片沙漠，那我一定要當唯一一朵花。」

顧湘庭開心地猛點頭，「妳居然記得我說過這句話，我好高興！當時妳看起來一副漫不經心的樣子，我以爲妳沒在聽我說話。」

「妳說的這句話，是跟《小王子》有關嗎？」

「是呀，我當時剛看完《小王子》那本書，印象特別深刻，才會拿花來比喻。不過我當時說的是『如果對某些人來說，世界是一片沙漠，那我願意當唯一一朵花』。」顧湘庭頓了下又說：「妳聽過『一沙一世界，一花一天堂』吧？」

「檢視一粒細微的沙粒，就能看見宇宙的浩瀚；透過一朵平凡的花，就能發現美麗的天堂。」我輕聲說。

世間萬物，靜觀皆自得。

「我認爲，不論世界如何不堪，一朵花就足以支撐整個世界。內心世界，也是一種世界。」顧湘庭握住我放在桌上的手，「心岑，我從來沒覺得自己了解過妳。妳離開河東之後，王其均消沉了好一陣子，當我看著王其均站在走廊上嘆氣時，我忽然有種感覺，也許世界上每個人都擁有一朵獨一無二的花，只是有些人終其一生不會與之相遇，有些人即便遇到了也不懂得珍惜，那朵花之於每個人所存在的意義不見得是愛情，卻是支撐其內心世界的梁柱，而妳就是王其均的那朵花。」

我不禁眼眶泛淚，如果當年褚心岑聽到顧湘庭這個說法，會不會令她有所改變？她會不會選擇另一條路？

也許，褚心岑身邊不是沒有人可以拯救她，只是她來不及發現，對方也來不及伸出援手。

「謝謝妳，湘庭。」我回握她的手，「妳願意和我重新成爲朋友嗎？」

「我一直都是妳的朋友呀。」

「但我和以前很不一樣了，我……變了很多。」我遲疑地道。

「世間萬物瞬息萬變，唯一不變的就是一直在改變。」顧湘庭臉上的笑意更深了。

我內心深處的某個地方，彷彿被人用一塊柔軟的海綿輕輕撫過。

我似乎感受到那個藏在我心底深處的褚心岑微微地笑了。

在這一刻，我改變了想法，不需要告訴顧湘庭那些令人傷心的過往，也不需要讓她知道褚心岑自殺了，因爲我還在這裡。

「對了，上次在綠茵遇見妳的時候，言奇栩不是在追著妳嗎？你們之間還好吧？」顧湘庭皺眉，「他一直不肯告訴我是什麼事。不過他知道我今天要和妳見面，他要我帶個話給妳。」

「言奇栩？你們有聯絡？」沒料到會從顧湘庭口中聽見這個名字，我十分訝異。

「嗯，因爲他……怎麼說，他那天的模樣讓我很不放心，所以我擅自約他吃飯，之後幾乎每個禮拜都會拖著他出來玩。現在他似乎好多了，上週還主動問我要不要一起去花海節，我覺得很高興。」顧湘庭聳聳肩，有些不好意思地看著我，「高中那時，我經常在臉書上看見妳和他的合照，很多人都說你們在交往……我不想讓妳誤會好像我跟妳前男友有什麼，只是看著言奇栩，我就是……無法放著他不管。」

我還沒看褚心岑到綠茵當交換學生後的日記，所以我不知道褚心岑是不是真的和言奇栩交往過。

「我現在和孫楊在一起。」於是我這麼說。

顧湘庭先是小小訝異，隨即笑意在臉上漾開，「我就覺得，你們都是彼此的一朵花呀！」

「言奇栩要妳帶什麼話給我？」我好奇地問。

「他說『一直以來，我無時無刻還是會那麼想，但奇怪的是現在不會了。』我聽不懂他的意思，他卻說妳會明白，妳明白嗎？」

不明白。

「我會找時間好好跟他談談的。」等我看完褚心岑全部的日記之後。

顧湘庭重重點頭，笑彎了一雙眼。

與她分別前，我忍不住問她：「言奇栩是妳的那朵花嗎？」

「或許妳會覺得我這樣說很奇怪，但我在言奇栩眼中看見的是一片荒蕪，而我想當他的花，支撐起他的世界的花。」顧湘庭難得收起了笑意，表現出幾分慎重。

乾枯的土地也能孕育生命，而生命自始至終都代表著希望。

「顧湘庭，如果我能更早與妳深交，該有多好。」我由衷道。

「現在也不遲。」她莞爾一笑。

顧湘庭是一陣春天的風，帶來怡人的舒適與生命的喜悅。

回到家後，我卸完妝、洗完澡，細心在臉上塗抹一層層的保養品，並用精油按摩過全身，才拿著那本暗紅封皮的日記本窩到床上。

言奇栩，你和褚心岑的過去，又是如何？

第十章

十五歲的二月二十七日　虛有其表的綠茵高中

綠茵校地廣大，觸目可及盡是富麗堂皇到誇張的校舍建築，以及各式先進的教學設備，在校園裡行走，隨隨便便都能碰上出身官富豪門望族的孩子，或者私生子。

我刻意登上綠茵的校舍頂樓，卻發現無論往何處望去，都看不見河東高中，倒是能清楚看見那片綠草如茵的廣闊草原。

要想進入綠茵就讀，要麼成績夠出色，要麼家世背景夠有力，起碼一定要滿足其中一項條件才行，說穿了，綠茵不過是個讓人提早認清社會現實的地方。

我被分到一年五班，從別人的反應看來，似乎是個很特別的班級。我曾經在學校布告欄看過一篇校刊報導，標題寫著「五班心事室再創人數高峰」，不過沒仔細看內容，也不明白「心事室」是什麼。直到目前為止，我完全看不出一年五班特別在哪裡。

「妳是交換學生對吧，怎麼還在這裡？已經上課嘍。」男人的聲音從後方傳來，我側過身，認出對方是負責教國文的藍老師。

「抱歉，我沒注意到。」

我匆忙想要趕回教室，藍老師卻喊住我。

「妳還好嗎？」

面對他突如其來的詢問，我不由得一愣，我看起來像是身體不舒服嗎？還是因爲我臉上沒有表情？

藍老師那雙明亮的眼睛像是能看穿我一樣，我心中一驚，腦海中頓時浮現顧湘庭的笑臉。

於是我試著模仿那張笑臉勾起唇角，「老師，我沒事，只是來到新環境還不太習慣。」

接著我微微吐出一口氣，在心中默數三秒，讓自己眼角泛出淚光，並吸吸鼻子，「我以前在河東期中考考過全科滿分，來到綠茵之後，小考卻只能拿到七、八十分，對我來說打擊有點大。」

藍老師摸摸下巴，「嗯……綠茵的確要求比較嚴格，但也別把自己逼太緊了，不一定要一直往前走，偶爾停下來休息也是可以的。」

我裝作聽進了他的話，乖巧地點點頭：「謝謝老師，我會好好調適的。我要回去上課了。」

「嗯，如果課堂老師問起，就說是我找妳有事就好。」

「謝謝老師。」溫柔的藍老師，我再次想像了一下顧湘庭的微笑，然後對他露出笑容。

言奇栩。

我立刻揚起顧湘庭式的微笑，然而言奇栩臉上表情絲毫未變，待我逐漸走近，才從他眼中看見了濃烈的怒火，我不知道自己是哪裡惹到他了。

他冷不防拉起我的手，盯著我拇指上的齒痕看，我應該要推開他，問他幹什麼，但是我並沒有那麼做，我連要裝出微笑都沒辦法。

接著他放開了我，轉身往教室的方向走去。

後來，我稍微打聽了一下才知道，言奇栩的父親是國內首屈一指的電子產業大佬，而他母親是他父親的第四房側室。

即便是這種時代，只要有錢有權，就算法律不承認一夫多妻制又如何？

現實就是如此骯髒齷齪，綠茵的種種現狀，就是提早教會你什麼叫作現實。

你能在這裡看見所有自私大人的產物，看著這些產物成為了怎麼樣的怪物。

十五歲的三月三十日　綠茵

綠茵很重視學長姊制度，所謂的學長姊制度，嚴格說起來就是階級制度。

今天中午，我和莊雯珂他們一起在綠茵草原吃午餐，突然有幾個人靠近我們，一群男生連忙站起來，連魏撰之這種天不怕地不怕的傢伙都挺直了背脊，莊雯珂也趕緊拉著我起身，而我完全搞不清楚發生了什麼事。

「學長姊好！」魏撰之等人整齊畫一的聲音響起。

那幾個人朝我們輕輕頷首，隨後又繼續自顧自地聊天，直到他們逐漸走遠，大家才鬆一口氣坐下。

我問羅子晴這是怎麼回事，她雖想表現得滿不在乎，但她剛才那聲「學長姊好」喊得最是大聲。

原來剛剛那幾個是二年五班的學長姊，其中一個學長家裡是黑道，另外兩個則是富貴人壽保險與三行銀行的繼承人之一。

綠茵果然不得了，隨便一顆石頭掉下來，砸到的都是官富二代。

「言奇栩。」

我聽見有人喊了他的名字，下意識抬頭看過去，只見一個學長朝言奇栩走去，而嘴裡咬著三明治的言奇栩瞥了他一眼，站在原地等他。

那個學長與言奇栩低聲交談了一陣，我聽不見他們在說什麼。

李脩能告訴我，那個叫住言奇栩的學長出身黑道世家，對他的態度最好恭敬點。

而後李脩能喊了言奇栩過來一起吃飯，期間言奇栩半句話也沒吭，只是靜靜地看著我。

李脩能和莊雯珂的父母年輕時就交好，甚至合夥經營餐飲事業，並且十分成功，所以同年的兩人從小一起長大，算是青梅竹馬。

過了幾年，李脩能家裡轉向旅遊業發展，而莊雯珂家中則繼續從事餐飲，兩邊互相配合，經營版圖日益壯大，不料卻因生意興盛而遭人眼紅，找來黑道上門潑油漆、砸店。這時候，李脩能的父親想起自己有個大學同學加入了鼎鼎有名的黑清幫，於是抱著死馬當活馬醫的心態求助，沒想到對方一口答應幫忙。

當時黑清幫派來解決事情的領頭就是言奇栩。還是國中生的他，個子已經長得很高，帶著十幾個手下氣勢洶洶地出現，把來找麻煩的那些人打得頭破血流。

最後他臉頰沾血，平靜地向因爲目睹鬥毆而發顫的一群大人說：「已經沒事了。」

那是李脩能、莊雯珂與言奇栩相識的契機，最初他們很怕言奇栩，覺得他小小年紀就如此暴力，後來才逐漸理解箇中原因。

言奇栩是豪門巨富第四房側室的孩子，從小就被母親要求要努力努力再努力，更要狠心狠心再狠心。

要努力到能力超越排在他前面的所有繼承人，要狠心到可以毫不猶豫地斬除那些繼承人。

言奇栩從小就在如此扭曲的教育下，成爲了考試滿分的怪物，也成爲了行事凶狠的怪物。

「言奇栩他爸爸第三個老婆的兒子從頂樓摔下來，變成植物人。」莊雯珂輕聲說，「大家都說是言奇栩做的，他聽到只是淡淡一笑，從此我們沒人敢再問他這個問題。」

言奇栩眼底總是盛滿怒意，是因爲這個原因嗎？

「奇栩的媽媽也很奇怪，她知道奇栩藉由擔任黑道的打手，以消除內心的壓力，卻不阻止，他媽媽的心理早就已經扭曲了……」

這個世界上，還有心理不扭曲的人嗎？

今天是愚人節，然而這些現實可不是假的。

十五歲的四月七日　言奇栩

今天他進教室的時候，身上制服亂七八糟的，臉上還帶著血跡，班上同學面面相覷，只有李脩能過去問他怎麼了。

言奇栩冷笑：「打了個人。」

接著學務處把他叫去，不過言奇栩沒得到任何懲罰，只是把臉上的血洗掉，繼續安穩地待在教室上課。

言奇栩三不五時就會和人打架，卻從未在學校惹事生非，也從未被記過懲處，相反地，還因爲成績優秀，時常被記嘉獎。

如果說學校就是小型的社會，綠茵還眞是落實得宜。

「妳剛才有說什麼嗎？」他明顯是裝傻，他必然聽見了我那句求死的冀望。

我淺淺地勾起嘴角。

我終於理解心事室為什麼會那麼受歡迎，王其均曾說過，綠茵是一所生病的高中，而心事室，大概就是綠茵的醫院。

然而全校這麼多學生，卻只有一間一年只營業一天的醫院。我看著走廊上排得老長的隊伍，心中暗想，不是所有人都能得到救贖，也不是所有人都想得到救贖。

莊雯珂問我覺得心事室如何，我說我很喜歡，明年換我們班來辦，她卻說明年該輪到升上三年級的學長姊接手，這段對話正巧被一位二年五班的學姊聽見，她馬上要我別想搶他們班的工作。

莊雯珂附在我耳邊小聲說，那位學姊是三行銀行的千金丁妍羚。

站在丁妍羚身旁的帥氣女孩聳聳肩，說自己一點也不在乎能否接手心事室，還說到時候不管辦什麼活動都應該要搭配販售甜甜圈，丁妍羚氣得對她大吼：「田沐棻，我真的很受不了妳！」

大概是爭執聲太吵，華佑惟學長從心事室裡走出來，聽完來龍去脈後，笑著對我說，如果我明年還繼續留在綠茵，心事室就交由我主辦。

他是知道我是交換學生才這麼說？還是別有用意？

他看著我的眼神像是了然於心，就在我想要問清楚他是什麼意思的時候，我聽見有人在呼喚一個名字。

「王其均！在這邊！」

我嚇得轉頭看去，熟悉的身影出現在走廊轉角，眞的是王其均。

他來做什麼？他來確認我在綠茵過得好不好嗎？

不，我不想見到他，於是我連忙逃開，還不小心撞到丁妍羚和田沐棻，莊雯珂嚇得趕緊代替我向她們道歉，我完全顧不上禮貌不禮貌，飛快沿著走廊另一側逃到隔壁棟教學大樓。

當我因爲快要喘不過氣而停下腳步時，才發現自己無意間跑到專科教室樓層，言奇栩獨自坐在電腦教室裡，視線恰巧落向窗外，與我四目相交。

他從電腦教室走出來，停在我面前，我對他揚起微笑，問他怎麼不去園遊會逛逛，他卻要我別再笑了。

「妳生日快到了吧？」他沒頭沒腦地說，「我有個禮物想送給妳。」

「我不需要禮物。」

「妳會喜歡的。」接著，他問我對三年五班的心事室有何感想。

「華佑惟很可怕。」這不是謊言，對於彷彿能看穿一切的華佑惟，我眞的覺得很可怕。

言奇栩似乎很滿意我的回答，冷笑了聲。

誕生了，羅子晴卻一直瞪著我。

不過那都是前幾天的事了，今天李脩能問我，明年園遊會的時候，我是眞的想把心事室攬過來做嗎？我點點頭，莊雯珂正色說，那我必須明年也要能繼續留在綠茵才行。

「綠茵很看重成績與家世背景，沒有家世背景沒關係，只要妳的學業成績可以超越奇栩就好了。」魏撰之提出的這個方法簡直是天方夜譚。

我們都知道，身爲交換學生的我，明年就會離開了。

但我想要在綠茵待到我滿十八歲那天爲止，我苦思有什麼辦法可以留下。

「贏過我，這是最直接簡單的方法。」言奇栩也這麼說。

十五歲的四月二十四日　綠茵

羅子晴一早就打電話給我，約我去綠茵附近的咖啡廳碰面，對於她會私下約我這件事，我感到有些不可思議。最近她一直找我碴，我其實並不想赴約，但如果是顧湘庭就一定會去，所以我還是去見她了。

結果羅子晴告訴我，她喜歡言奇栩，她不害怕性格易怒的他。

「他從小到大都沒有感受過愛，才會變成那樣。」羅子晴邊說邊哭，「我不是壞人，如果奇栩能露出笑容，並感受到愛，那麼站在他身旁的那個人不是我也沒關係。」

然後她居然把言奇栩託付給我。

羅子晴相信所謂的「愛」能提供強大的力量，我覺得有這種想法的她還眞是可愛。這邊指的可愛，並非褒意。

十六歲的五月二日　綠茵

「我要送妳一樣東西。」

當我們一群人在公園點燃仙女棒，慶祝我的十六歲生日時，言奇栩把我單獨叫到了鞦韆架旁邊。

其他人都聚集在溜滑梯附近，他們看得到我們，卻聽不到我們說話。

「上次，妳在天台企圖要做的那件事，不要一個人做。」

我一時之間沒有意會過來他的意思，然後下一秒我倒抽了一口氣。

「你在回答我嗎？上次我問你的問題。」

言奇栩握緊雙拳，「我痛恨爭奪、也痛恨被當成附屬品，但我不能逃離，也沒辦法逃離，我內心只有一種情緒，就是憤怒，我只有在打人的時候才能覺得自己還是活著，這樣下去，我總有一天會殺人的。」

他說，他沒有把他同父異母的哥哥推下去，但他媽媽卻對他說「做得好」。

「我要在我變成眞正的怪物以前，殺了我自己！」他用力握住我的手腕，「我們一起去死吧，這就是我要送給妳的生日禮物。」

綠茵不會原諒這種低級的錯誤，他那科得到零分，儘管他的答題全部都是正確的。所以這不能說是我考贏了言奇栩，老師也不可能因此破例讓我能留在綠茵。

十六歲的十二月五日　綠茵

大概是因爲沒考到第一名，成績公布後不久，言奇栩臉上便出現了挨揍的傷痕。

他告訴我，他有辦法讓我留在綠茵，但是原定一起自殺的計畫要更改。

「我要妳殺了我。」

我當然不肯，他卻用力抓住我的肩膀，痛苦地低吼：「反正妳也想死，妳殺了我以後再自殺，警察與記者可能就會認定我們是情侶吵架，女方憤而動手後自殺，這樣不是很好？」

「你爲什麼改變心意？」而且還要讓我變成殺人犯。

「因爲如果我自殺了，會讓我媽蒙羞，她在那個地方會更難做人。」言奇栩停頓了一下，忽然帶著瘋狂的笑容又說：「但我同時又想讓她蒙羞……哈哈……」

他對他媽媽的情感已經扭曲。

自殺和殺人不一樣，所以我拒絕了他的要求。

「我能讓妳留在綠茵，只要妳答應先殺了我再自殺就好！」

「我不介意等我滿十八歲，再趁著綠茵校慶對外開放的時候，回來這裡自殺。」我提醒他還有這個備案。

果不其然，他愣住了。

「言奇栩，我是不會殺你的，我也不想要讓我媽蒙羞，我就是爲了不讓她被人指指點點，所以才特意等到年滿十八歲才自殺！畢竟未成年的孩子一旦自殺，父母的責任會更大。」

言奇栩卻依然固執己見，我覺得自己和言奇栩交談不下去了，而我反正也做好了離開綠茵的心理準備。

但是那天放學時，他又問我：「如果改成妳幫我割腕，以及我幫妳割腕，這樣可以嗎？」

「我考慮一下。」我說。

十六歲的十二月八日　綠茵

也不用猶豫了，我答應了。

我問他有什麼方法能讓我留在綠茵，他說只要跟老師說一聲，他想要我留下來，那我就能留下來了。

誰叫他爸爸是電子產業的大佬，富可敵國，權勢遮天。

十六歲的十二月二十四日　河東

王其均又打電話來了，我依然未接。

他時常打來我都沒接，那爲什麼今天要特地寫在日記裡？

因爲我決定換手機號碼了。

十六歲的二月十一日　過年

媽媽說過年就是要家人團聚，所以要爸爸也過來，但爸爸不是傻子，到前妻家過年成何體統，於是媽媽直接帶著我去了爸爸的新家庭。

當爸爸把我們擋在門口，並拿出兩包厚厚的紅包想要打發我們時，我正想吼他「你是把我們當乞丐嗎？」，卻見媽媽迅速接過紅包，還笑著說了句新年快樂。

我聽見屋內傳來尖叫與摔東西的聲音，那個女人怒斥我們是吸血鬼，養育費到底要支付多久。

「就快了，她就快十八歲了啊……」

儘管門板已經關起，爸爸與那個女人的對話依然清晰地傳入我的耳中。

我朝媽媽看去，發現她在哭，她注意到我的目光，立刻擦掉眼淚。

妳哭什麼哭啊？

是妳自己要來被人侮辱的，妳也眞的應該被人侮辱，妳手裡拿著的錢就夠對方買下妳的自尊與身體了。

「來，我們買些好吃的回家煮年夜飯。」

我不想吃，妳讓我想吐。

我知道妳其實是酒店出身，我知道妳是因爲家裡窮，才會到酒店工作，畢竟除了美貌，妳一無是處。

但妳是我媽媽，所以我從來沒有瞧不起妳。

可我看不慣妳那些行爲，與爸爸一直以來剪不斷理還亂的關係，不斷向他索要金錢，儘管妳已經脫離酒店，卻還是把自己當成妓女！

十七歲的五月二日　綠茵

在生日的這一天，言奇栩提醒我，明年的今天，我們就解脫了。

他怕我後悔、怕我食言，經常不斷提醒我這個約定。

我覺得諷刺的是，都是人生的最後一年了，我爲什麼還要念書準備學測呢？

十七歲的十二月二日　綠茵

我最近腦子記不太住東西，對時間的流逝也沒有太大的感覺。

不知道是病情加重了，還是念書念傻了。

值得慶幸的是我還記得多少寫一點假日記，假日記寫得都快要比眞日記還多了。

十七歲的二月　轉折？

他們說，該趁著考完學測後玩樂一下，就算只有一天也好。

所以大家約好了去看櫻花，就在河堤旁邊，很近。

我不該去的，在那裡發生了一件事，動搖了我原本想要遵守諾言的決心。

河堤邊很多人，有個約莫三歲的小女孩走失了，不知道爲什麼她只願意給言奇栩抱。

於是我們沿著河堤行走，想找到小女孩的家人，言奇栩把她扛在肩上，要小女孩大聲喊叫媽媽。

「我沒有想過奇栩會這麼做耶，最近他沒那麼渾身帶刺了，難道是因爲有了愛情的滋潤？」魏撰之儘管語帶揶揄，表情卻很柔和。

「連紀衛青學長最近都很少找他了，這是好事啊，能看到他這樣的轉變眞好。」李脩能也跟著答腔。

而我只是注視著言奇栩走在前方的高大背影。

女孩的媽媽出現了，女孩在離開前，往言奇栩的臉頰上輕輕一啄，說了句「謝謝哥哥」，而言奇栩臉上露出了微笑。

那是個和煦的、沒有一絲憤怒的、純粹發自內心的微笑。

「謝謝妳讓他感受到愛，我就說嘛，只要感受到愛，他就會改變的。」羅子晴也說。

莊雯珂挽著我的手，笑彎的眼睛裡有著淚光閃爍。

言奇栩身邊，有這麼多人愛著他、關心他。

他的人生並不是一無是處，他只要能感受到愛，也許就會變好了。

但是我不一樣，我不一樣啊……

十七歲的三月十日　綠茵

學測的成績出來了，言奇栩的成績逼近滿分。

綠茵高中學生的成績多半很優秀，不過還是有一部分的人要拚指考。

當我隨口和莊雯珂提到我也打算考指考時，言奇栩拉著我來到角落。

「再過一個多月我們就要死了，考什麼指考？」

「言奇栩，找一間我們都能念的大學吧。」

他有些詫異，「妳反悔了？」

「我沒有，但我們總該有間大學可以念吧。」

爲什麼，他那天在河堤的微笑始終在我心中揮之不去？

「可是我看過心理醫生，這是醫生告訴我的。」

「醫生說的也不見得是對的呀，人心與人腦那麼複雜，重點是妳相信什麼，而不是別人要妳相信什麼。」

我不曾想過還有這樣的說法，一時無語。

莫狄繼續往下說：「不是常常有這種狀況嗎？有些人可能在撞到頭以後個性大變，或者暫時失去記憶。妳有沒有可能也是這樣呢？也許妳根本不是什麼第二人格，而是失去了『患有憂鬱症的自己』的記憶？這未嘗不是一種大腦保護自我的方式呀。」

「有這樣的嗎？」所以，我是褚心岑，褚心岑也是我？

「就看妳想相信什麼了。」莫狄淺淺一笑，隨即朝我身後頷首。

我回頭一看，見到華佑惟朝我們走來。

「看樣子今天淨灘活動很順利喔！」華佑惟笑著看向我們手上裝得七八分滿的垃圾袋。

「她說我不是第二人格，很有可能只是失去記憶？」

我急著詢問華佑惟的意見，但他沒什麼反應，只是歪了歪頭。

「給我一點建議呀！」我急了。

「爲什麼呢？妳的人生爲什麼要聽從別人的意見？」不料他竟反問我。

「因爲我一直認爲自己要殺了褚心岑，才能活出眞正的自己，如果我其實只是失去記憶的褚心岑……」

「妳就是妳呀！」莫狄理所當然地說。

聞言，我竟覺得豁然開朗，原來那個湖面下的倒影就是我自己，而非「褚心岑」。是這樣嗎？我可以這麼理解嗎？

「在面臨困境或陷入絕望的時候，我們其實是很孤單的，旁人沒有誰能夠眞的感同身受，我們只能自己催眠自己，相信一切會變好，只要努力，就會變好。然而若是不直面問題的核心，心中的黑洞不會消失，也難以塡補。」華佑惟語氣溫柔但堅定，「即便很困難，即便進度緩慢，要花上一段很長的時間，也沒有關係，讓自己慢慢去面對就好，我們都該要相信自己。」

華佑惟這番話有如醍醐灌頂，消弭了我心中的驚慌。

長期被憂鬱症所苦的褚心岑，早已遺失了自己眞正的樣貌，若是她能卸下憂鬱，會不會她眞正的樣貌就是現在的我？

一直以來，我都覺得自己像是隔著一層面紗在看褚心岑走過的人生，我只是個旁觀者，直到這時才頓悟，我與褚心岑，是同一個人，我用這樣的方式拯救自己，也拯救了別人。

「嘿，你們過來幫忙一下啦！」

紀衛青的聲音從海風中傳來，回頭望去，只見他與孫楊站在陽光下對我們招手，身有沒有很熟悉？

是的，我睡前的胡思亂想，成了《世界唯一的花》裡的重要場景之一，褚心岑在綠茵校友會遇見了過往的朋友，但她卻沒有任何關於他們的記憶。

生活之中，處處都是靈感，千萬不要小看自己每一次的胡思亂想。

「心理病」系列的三本書，顧名思義，最大的關聯自然是「心病」，除此之外，還有一項小小的設定，書裡幾個角色最終都從那片大海得到療癒，有幾個小Misa很厲害，在看完前兩本書之後就發現了這個小設定！

當時還有小Misa猜，這次的系列名稱會不會跟「顏色」有關，畢竟在《我想聽見你的聲音》、《最親愛的我們》裡，幾個主要角色的名字裡都隱含「顏色」，像是白時凜、紀衛青，不過這就真的純粹是巧合了，《世界唯一的花》沒有任何角色的名字與顏色有關。而且當小Misa告訴我這個巧合時，我已經開始動寫這個故事了，對角色的名字都有了感情，無法再作改動。

回到《世界唯一的花》。

在我的想像裡，讀者在閱讀這個故事的時候，會跟褚心岑一樣，對於那段過去一無所知，再慢慢隨著褚心岑的腳步，去推敲、挖掘出褚心岑爲何走向自殺的那段過往。

用旁觀者的角度，去看著因自殺未遂而產生了另一個人格的褚心岑，如何面對自己全然不知的過往，她既怨懟那個死去的褚心岑，卻又感謝若非如此，也不會有她的出現，這種複雜的心情，讓她一度對於追尋過去裹足不前。

「褚心岑，我好遺憾妳看不見一切變好的這一天。」

這句話是褚心岑在得知所有眞相之後，最眞摯的感言。

明明如此憎恨著那個以自殺逃避一切，留下她獨自面對的「褚心岑」，然後逐漸從「褚心岑」的日記中得知她所經歷的煎熬，而後在夢中與她告別。

她們共生共存，過去造就現在，攜手走至未來。

《世界唯一的花》所談論的是憂鬱症。

我收過許多小Misa的來信，提到自己有輕微的憂鬱症，或是朋友有憂鬱症。在很久很久以前的學生時代，我的想法也曾經如同王其均一樣，會想要跟那些鬱鬱寡歡的友人說：你要加油，你要努力，你要看看世界的美好，你要找出自己的優點。

那些話對我來說，是一種鼓勵，但對他們來說並不是。

近幾年來，社會越來越重視對於憂鬱症的探討，在網路上也可以找到不少相關文章與報導，告訴大家該要如何與憂鬱症患者相處，像是「不責備」、「不反駁」、「不鼓勵」，只需「傾聽」與「陪伴」。

國家圖書館出版品預行編目資料

世界唯一的花 / Misa著. -- 初版. -- 臺北市；城邦原創出版 ： 家庭傳媒城邦分公司發行, 2018.05

面；公分

ISBN 978-986-96056-7-0（平裝）

857.7　　107006926

世界唯一的花

作　　者／Misa
企畫選書／楊馥蔓
責任編輯／楊馥蔓、廖雅雯

行銷業務／林政杰
總 編 輯／楊馥蔓
總 經 理／伍文翠
發 行 人／何飛鵬
法律顧問／元禾法律事務所　王子文律師
出　　版／城邦原創股份有限公司
台北市南港區昆陽街16號4樓
電話：(02) 2509-5506　傳眞：(02) 2500-1933
E-mail：service@popo.tw
發　　行／英屬蓋曼群島商家庭傳媒股份有限公司城邦分公司
聯絡地址：台北市南港區昆陽街16號8樓
書虫客服服務專線：(02) 25007718・(02) 25007719
24小時傳眞服務：(02) 25001990・(02) 25001991
服務時間：週一至週五09:30-12:00・13:30-17:00
郵撥帳號：19863813　戶名：書虫股份有限公司
讀者服務信箱 email：service@readingclub.com.tw
城邦讀書花園網址：www.cite.com.tw
香港發行所／城邦（香港）出版集團有限公司
地址：香港九龍土瓜灣土瓜灣道86號順聯工業大廈6樓A室
email：hkcite@biznetvigator.com
電話：(852)25086231　傳眞：(852) 25789337
馬新發行所／城邦（馬新）出版集團 Cité(M)Sdn. Bhd.
41, Jalan Radin Anum, Bandar Baru Sri Petaling,
57000 Kuala Lumpur, Malaysia.
電話：(603) 90563833　傳眞：(603) 90576622
email:services@cite.my

封面設計／黃聖文
電腦排版／游淑萍
印　　刷／漾格科技股份有限公司
經 銷 商／聯合發行股份有限公司
電話：(02)2917-8022　傳眞：(02)2911-0053

■ 2018年 5月初版
■ 2024年 4月初版 7.7 刷
Printed in Taiwan

定價／260元

ISBN　978-986-96056-7-0

城邦讀書花園
www.cite.com.tw

本書如有缺頁、倒裝，請來信至service@popo.tw，會有專人協助換書事宜，謝謝！